Ghazi Abdel-Qadir,
geboren 1948, studierte Germanistik, Anglistik, Evangelische Theologie und Islamwissenschaft. Er war als Übersetzer, Lehrbeauftragter und Privatdozent tätig. Seit 1988 arbeitet er als freier Schriftsteller. Seine Bücher wurden in elf Sprachen übersetzt und mit namhaften Preisen ausgezeichnet.

Ghazi Abdel-Qadir

COCO & LAILA

Janka hält dicht

SCHNEIDER BUCH

Die Deutsche Bibliothek - CIP-Einheitsaufnahme

Abdel-Qadir, Ghazi:
Coco und Laila / Ghazi Abdel-Qadir. - München : Egmont Schneider

Bd. 3. Janka hält dicht. - 1999
ISBN 3-505-10927-4

Dieses Buch wurde auf chlorfreies,
umweltfreundlich hergestelltes
Papier gedruckt. Es entspricht den
neuen Rechtschreibregeln.

Der Schneider Verlag im Internet:
http://www.schneiderbuch.de

Schleißheimer Straße 267, 80809 München

Titelbild: Sabine Lochmann
Umschlaggestaltung: Ralph Bittner
Lektorat: Ulrike Schuldes
Herstellung/Satz: Gabi Lamprecht, 12° Stymi
Druck: Presse-Druck, Augsburg
Bindung: Conzella Urban Meister, München-Dornach
ISBN 3-505-10927-4

99 00 / 8 7 6 5 4 3 2 1

Inhalt

Die neue Freiheit

Coco räkelt sich auf der grünen Matratze in Lailas Zimmer und hört mit halbem Ohr zu, wie Laila ihr ausführlich eine Matheaufgabe erklärt. Zum Versüßen der Schufterei gibt es leckere gefüllte Kekse (die hat bestimmt Lailas Vater gebacken) und Minzetee.

Coco fasst es immer noch nicht, wie sich alles entwickelt hat. Noch vor einem Monat konnte sie sich nicht einmal vorstellen, mit der Streberin Laila auch nur ein Wort zu reden, und heute sitzen sie hier fast wie Schwestern beieinander. Und das Wort „Schwestern" stimmt sogar irgendwie, denn Cocos Mam und Lailas Baba sind inzwischen, was niemand geglaubt hätte, ein Paar geworden.

„Niemand" sind hauptsächlich Oma und Coco, die über Jahre hinweg Mams chronische Abneigung gegen Arabien miterlebt haben. Doch als plötzlich der Richtige auftauchte, war alles vergessen - und jetzt scheint es Mam gar nichts mehr auszumachen, dass ihr neuer Freund Ägypter ist.

Mams Abneigung wurde von Viktor, Cocos Vater, verursacht. Der hatte sie damals, als sie achtzehn war, einfach sitzen gelassen, um in sein Traumland Arabien zu reisen. Allerdings hat er von Cocos Existenz in Mams Bauch nichts gewusst.

Vor ein paar Wochen hat Coco mit Lailas Hilfe versucht, Viktor ausfindig zu machen. Sie hatten aber keinen Erfolg damit. Und wahrscheinlich war das auch gut so, denkt Coco jetzt. Denn sie kann sich kaum vorstellen, dass Viktor so nett ist wie Nubi. So nennen Coco und Mam Lailas Vater, es ist eine Abkürzung von Herr Darnubi.

„Nun versuch es mal selbst." Laila nickt Coco aufmunternd zu und schiebt ihr das Matheheft rüber.

Coco zuckt erschrocken zusammen und starrt auf die vielen Zahlen. Sie hat von Lailas Erklärungen kein einziges Wort mitbekommen!

Das ist auch so eine Sache, die sich in letzter Zeit in Cocos Leben verändert hat. Früher hat sie meistens im Unterricht vor sich hingeträumt (wie gerade eben) und sich mehr schlecht als recht durchgewurstelt. Dann aber hat Laila sie auf die Idee gebracht, dass Mitmachen im Unterricht die Qual verkürzt. Und seitdem muss Coco beinahe aufpassen, dass aus ihr selbst nicht genau so eine langweilige Streberin wird, wie Laila früher war.

„Du hast es immer noch nicht begriffen?" Laila stöhnt und reißt Coco das Heft wieder aus der Hand. „Wofür habe ich mich die ganze Zeit heiser geredet?"

„Tut mir Leid." Coco sieht sie zerknirscht an. „Ich war gerade mit meinen Gedanken woanders. Aber jetzt pass ich auf, ehrlich!"

Und dann dauert es auch gar nicht lange, und

Coco hat die Aufgabe begriffen. Oma würde jetzt sagen, dass Coco ein helles Köpfchen hat - wenn sie es nur häufiger benutzen würde!

Nach den Hausaufgaben gibt es noch eine Belohnung: Bauchtanzen. Laila ist darin große Klasse, und sie ist sehr glücklich, dass sie neuerdings dabei Gesellschaft hat.

Für Coco ist es das erste richtige Hobby überhaupt. Bisher hat sie sich noch nie für eins entscheiden können. Ihre ehemalige Freundin Ute hat plötzlich den Pferdetick gekriegt. Da hat Coco nicht mitgemacht. Die Tiere sind ja ganz nett, aber von früh bis spät Ställe ausmisten, Pferde striegeln und Hufe auskratzen, dafür konnte sich Coco einfach nicht erwärmen. Die große Leidenschaft ihrer neuen Freundin Sabrina ist Kartenlegen. Das ist manchmal schon lustig, aber Coco glaubt nicht so recht an diese Art Schicksalsdeutung, und Sabrina kann einen damit auch ganz schön nerven. Laila hingegen ist nie aufdringlich. Obwohl es gerade das war, was Coco und ihre Mitschüler zunächst so sehr an Laila gestört hat.

Laila ist erst ungefähr ein halbes Jahr in ihrer Klasse. Sie stammt aus Ägypten, wo sie beim Einsturz ihres Hauses Mutter und Bruder verloren hat. Von dem Unglück hatte sie aber nie erzählt. Daher war es für ihre Mitschüler völlig unverständlich gewesen, dass sie enge und dunkle Räume mied und nie etwas Gefährliches riskierte. Jetzt, wo die Sache rausgekommen ist und alle Bescheid wissen, ist die Stimmung in der Klasse besser. Nur akzeptieren die meisten immer noch nicht, dass Coco in letzter Zeit so oft mit Laila zusammensteckt.

„Bloß weil der Darnubi dich morgens zur Schule mitnimmt, musst du doch nicht in jeder Pause bei Laila herumhängen", nörgelte Sabrina am letzten Mittwoch und klang beinahe eifersüchtig.

Und Hansi - der netteste Junge der Klasse - machte gestern sogar dumme Bemerkungen über Cocos ägyptische Goldkette.

Zugegeben, das Ding mit den Münzen passt nicht so ganz zu Cocos Jeans und Sweatshirt, aber Nubi hat ihr die Kette sozusagen als Willkommensgruß geschenkt, eine Art Zeichen, dass sie jetzt auch zur Familie Darnubi gehört. Und niemand, auch Hansi nicht, hätte Coco davon abhalten können, sie den ganzen Tag in Ehren zu tragen.

Bis jetzt hat Coco noch keinem verraten, dass zwischen Collmanns und Darnubis mehr besteht als nur gute Nachbarschaft und dass sie und Laila mehr als nur befreundet sind. Das werden ihre lieben Mitschüler nämlich noch früh genug erfahren. Spätestens dann, wenn sie Mam und Nubi in der Stadt turteln sehen. Und das tun die beiden ständig. Es ist schon beinahe peinlich zuzusehen. In jeder freien Minute - und das bedeutet, die Zeit von Mams Arbeitsschluss bis zum nächsten Morgen - sind sie zusammen. Coco und Laila bleibt da meist nichts anderes übrig, als zu flüchten. Wenn das frisch verliebte Pärchen die Darnubi-Wohnung unsicher macht, verziehen sich die beiden in die Collmann-Wohnung und umgekehrt, oder sie gehen in die Innenstadt.

Das ist eine ganz neue Art der Freiheit für Coco, und sie genießt sie sehr. Früher hat Mam viel mehr aufgepasst, wo Coco hingeht, warum, wie lange und mit wem. Jetzt ist nur noch Oma da, die so etwas wissen will. Oma! - Coco hört abrupt auf zu tanzen und hält sich keuchend die Seite. „Mensch, Oma hat uns heute zum Mittagessen erwartet!"

„Warum hast du das nicht gleich gesagt?", jammert Laila und macht die Musik aus.

Laila ist völlig in Cocos Oma verschossen. Coco hält das für eine Entzugserscheinung, weil Laila ohne Mutter und weit entfernt von ihrer eigenen Oma lebt.

„Jetzt ist sie uns bestimmt böse." Hastig zieht sich Laila ihre Schuhe an. „Und damit hat sie völlig Recht. Außerdem sind Babas Kekse, so gut sie auch schmecken, kein ordentliches Mittagessen."

„Ordentliches Mittagessen?" Coco verzieht das Gesicht. „Oma hat dir ja schon eine richtige Gehirnwäsche verpasst! Weißt du, was andere Schüler mittags aufgetischt bekommen? Gulasch und Entenbraten und Nudelauflauf und ..."

„Du spinnst ja!" Laila bringt mit Kamm und Bürste schnell noch ihre Lockenpracht in Form. „Seit wann schwärmst du für Entenbraten? Und überhaupt, dafür, dass sie nicht kochen kann, gibt sich deine Oma wirklich viel Mühe, finde ich."

„Trotzdem braucht sie sich nicht aufzuregen, wenn wir mal einen Mittag Kekse statt ihrer Luxusschnittchen essen", meint Coco. „So ein großer Unterschied ist da wirklich nicht."

„Jetzt beeil dich! Wir kommen mindestens eine Stunde zu spät. Bestimmt macht sie sich schon Sorgen."

„Du kriegst noch mal den Bravheits-Orden", murmelt Coco, schnürt sich aber folgsam die Turnschuhe zu.

„Baba, wir gehen zu Oma!", ruft Laila und wartet die Antwort ihres Vaters gar nicht mehr ab.

Hastig schiebt sie Coco zur Wohnungstür hinaus, und dann geht es im Laufschritt die Straße hinunter, an mehreren Mietshäusern vorbei bis zu dem Haus, in dem Collmanns wohnen.

„Da seid ihr ja endlich!" Oma kommt in den Flur und tauscht mit Laila eifrig Begrüßungsküsschen aus. Diese arabische Sitte hat sie sofort übernommen. Für Coco fällt allerdings kein Kuss ab, weil sie anfangs darüber gelästert hat. „Ich hab mir schon Sorgen gemacht."

Der Blick, den Laila Coco zuwirft, ist unmissverständlich. Siehst du, hab ich dir ja gesagt!, bedeutet er.

„Na, dann lasst uns mal sehen, ob das Essen noch

genießbar ist." Mit diesen Worten schiebt Oma die beiden in die Küche. „Wo wart ihr denn so lange? Ich habe heute das Rezept für überbackenen Camembert ausprobiert, von dem wir neulich gesprochen haben." Mit „wir" meint Oma Laila und sich. Die beiden können stundenlang über die kuriosesten Dinge reden, sogar über gebackenen Camembert. Na, Coco soll es recht sein. Solange Oma wie ein Wasserfall redet, erwartet sie keine Erklärung für die Verspätung. Wie kann man auch zugeben, dass man seine liebe Oma, die einen jahrelang jeden Mittag vor dem Hungertod gerettet hat, plötzlich einfach vergessen hat?

„Das sieht aber abenteuerlich aus", sagt Coco schnell, um weiter abzulenken. Kritisch starrt sie auf die ausgelaufenen Scheiben Käse, die mit ein paar schrumpeligen roten Beeren verziert sind.

„Wieso?" Laila setzt sofort zur Verteidigung ihrer geliebten, neu gefundenen Oma an. „Wenn wir noch ein bisschen von der Preiselbeerflüssigkeit darübergießen und den Käse kurz aufwärmen, schmeckt er bestimmt prima."

„Wie gut, dass wir endlich eine Expertin in die Familie bekommen haben", meint Oma, und Laila sonnt sich in dem Lob.

Zu Cocos Verwunderung ist das Zeug dann wirklich einigermaßen essbar.

„Habt ihr viel Hausaufgaben auf?", fragt Oma, als sie alle drei den Nachtisch verdrückt haben.

„Nur Mathe, Deutsch, Erdkunde und Englisch", antwortet Laila.

„Nur!" Coco seufzt abgrundtief. „Aber das meiste ist ja für übermorgen, und Erdkunde haben wir erst wieder nächsten Mittwoch."

„Ich hab dir doch gesagt, dass man seine Hausaufgaben am besten am selben Tag erledigt." Laila kehrt wieder ihre Oberlehrermanieren hervor. „Dann ist noch alles frisch im Kopf. Und mit Mathe sind wir ja schon fertig."

„Schön, schön", knurrt Coco. „Aber du hast vergessen, dass ich noch von gestern Bio und von Montag Geschichte für morgen machen muss. Und Rheumaschulter hat sich diesmal mit seiner Hausaufgabe für Geschichte selbst übertroffen!"

„Na, ich sehe schon, dass ich nicht auf Hilfe hoffen kann", unterbricht Oma das Gespräch.

„Natürlich helfen wir dir!", protestiert Laila eifrig. „Wir machen alles, was du willst."

Oma strahlt und streicht Laila übers Haar. „Ich brauche nur ein wenig Hilfe beim Gardinenaufhängen."

„Kein Problem." Laila steht sofort auf. „Wo sind denn die Gardinen?"

„Nicht so schnell", wehrt Oma ab. „Erst mal ruhen wir uns noch etwas aus. Hier, schau mal, wie die Leute neuerdings ihre Balkone dekorieren."

Oma und Laila stecken die Köpfe zusammen und studieren den Ideenteil der Fernsehzeitung. Coco schaut sich das ein Weilchen an, dann geht sie nach oben in ihr Zimmer. Oma nimmt Laila immer völlig in Beschlag, da hat Coco nichts mehr zu melden. Also muss sie sich alleine mit der Biohausaufgabe und der römischen Verfassung für Geschichte abplagen. Schade, dass Laila ihre Schulsachen nicht mitgebracht hat. Das wäre eine gute Gelegenheit gewesen, ein bisschen abzukupfern.

Pünktlich um halb fünf beginnt Cocos Magen zu knurren. Mittlerweile schwirrt ihr auch schon der Kopf vom vielen Lernen. Na ja, nicht nur vom Lernen. Zwischendurch hat sie zur Aufmunterung ein paar Kapitel in dem Buch gelesen, das Sabrina ihr am Dienstag angedreht hat. Es war wirklich spannend, was nicht immer der Fall ist, wenn Sabrina etwas spannend findet. Die hat nämlich einen schrägen Geschmack. Einmal hat sie Coco doch tatsächlich ein antiquarisches Buch über Papageienzucht geschenkt. Coco ist sich bis heute nicht sicher, ob das ernst gemeint war oder ob Sabrina sie nur aufziehen wollte.

Oma und Laila haben inzwischen nicht nur alle Gardinen wieder aufgehängt, sondern sich offensichtlich auch um die Zimmerpflanzen gekümmert und einige umgetopft. Als Coco in die Küche kommt, sind sie gerade dabei, die Spuren ihrer Arbeit zu beseitigen. Omas Arme sind bis zu den Ellbogen voller Erde, und Lailas Pullover hat auch schon mal sauberer ausgesehen. Aber beide strahlen um die Wette und sehen sehr stolz auf sich aus.

„Was gibt's denn zu essen?", fragt Coco ärgerlich und schämt sich im gleichen Augenblick. Zum einen ist es ja sonnenklar, dass Oma noch nicht mit dem Essenmachen angefangen hat, und zum anderen ist dieses dumme Gefühl in Cocos Bauch nicht Ungeduld, sondern eindeutig Eifersucht. Und das findet Coco eigentlich unter ihrer Würde.

„O Corinna, gut dass du uns daran erinnerst." Oma wischt schnell den Küchentisch sauber. „Jetzt müssen wir uns aber beeilen. Gleich kommt Bille, und es ist noch nichts fertig. Aber die Geranien sehen doch jetzt wunderbar aus."

Oma gönnt sich noch einen letzten Blick auf die Blumenpracht, bevor sie den Gefrierschrank öffnet.

„Weiß dein Vater, dass du bei uns bist?", erkundigt sich Oma und holt vier Pizzas heraus.

„Ja, und es ist ihm sicher recht, wenn ich noch ein wenig bei euch bleibe. Er hat im Moment viel mit seiner Reportage zu tun und muss sich ziemlich konzentrieren", erwidert Laila.

Herr Darnubi ist freier Journalist und arbeitet für mehrere arabische Zeitungen. Weil er das hauptsächlich von zu Hause aus machen kann, ist Laila selten alleine.

Oma legt die Pizzas auf das Backblech. Sie nimmt auf jeden Geschmack Rücksicht: Coco bekommt eine Extraportion Origano darüber gestreut, Laila liebt den Käse sehr kross, und die Pizza für Mam muss genau die richtige Zeit im Ofen bleiben. Sie darf nicht braun werden, soll aber schön heiß sein.

Um Viertel vor fünf sind die Pizzas fertig, doch Mam ist immer noch nicht aufgetaucht.

„Wir fangen besser schon mal an." Oma schiebt jedem seine Pizza auf den Teller. „Heute kommen scheinbar alle zu spät."

Coco und Laila halten den Kopf gesenkt. Dazu wollen sie lieber nichts sagen.

Es wird fünf Uhr, und von Mam ist nach wie vor keine Spur zu sehen. Schweigend löffeln die drei noch den Nachtisch und räumen die Küche auf. Um halb sechs greift Oma zum Telefon und ruft erst bei Mams Arbeitsstelle an. Da ist sie nicht, woraufhin Oma es bei Nubi versucht. Und dort hat sie tatsächlich mehr Glück - Mam scheint selbst am Apparat zu sein, und Oma schüttelt ärgerlich den Kopf.

„Ja glaubst du, ich wäre deine Putz- und Kochmamsell? Da stehe ich stundenlang in der Küche, überlege, wie ich dir das Essen nach deinem Geschmack machen kann, und dann kommst du nicht! Ich bin doch kein Hanswurst! Und ob ich mir Sorgen mache, ist dir ganz egal. Was meinst du, was heute auf den Straßen los ist! - Das weißt du? Fein! Aber weißt du auch, wie man sich fühlt, wenn man jeden Augenblick erwartet, dass das Telefon klingelt und einem die blutigen Einzelheiten vom Unfall der eigenen Tochter erzählt werden? - Ich übertreibe? O nein! Du übertreibst, wenn du es noch nicht einmal für nötig hältst, deine Mutter zu informieren ..."

Coco und Laila sehen sich an. Das Lachen über Omas Schimpftirade bleibt Coco im Hals stecken, denn irgendwie hat sie ja Recht. In letzter Zeit haben Coco und Mam nicht allzu viel Rücksicht auf Oma genommen.

„Nein, es war nicht so gemeint ... ja, ich verstehe das schon, ich war ja auch mal jung ..."

Das sind plötzlich ganz andere Töne. Coco zieht bedeutungsvoll die Augenbrauen hoch und grinst jetzt doch. Bestimmt hat Mam das einzig Richtige getan, nämlich Nubi den Hörer in die Hand gedrückt.

„Die Magie deines Vaters wirkt wieder", flüstert Coco Laila zu. „Er kann Oma wirklich um den Finger wickeln." Und das stimmt. Oma hat schon von Herrn Darnubi geschwärmt, als Mam noch alles Arabische von sich fern hielt und Coco ihn ziemlich hässlich fand. Aber Oma hatte ihn von Anfang an als den idealen Mann für ihre Tochter angesehen und am Ende ganz stolz verkündet, dass sie „es ja schon immer gewusst habe ...". Dabei war es überhaupt nicht ihr Verdienst – oder zumindest nur ein kleines bisschen –, dass die beiden tatsächlich zusammengekommen sind.

„... eine Art Picknick mit Grillen? ... Am Wochenende? Natürlich geht das! Das ist eine wunderbare

Idee. Aber wird das nicht zu kalt? Es ist schon spät im Jahr. - Ach so, ja, ich freue mich schon. Ja ... ja ... na, dann noch viel Spaß!" Oma legt den Hörer auf. Ihr Ärger ist wie weggeblasen. „Ihr habt es gehört. Er hat uns am Wochenende zum Picknick eingeladen, im Garten der Villa. Es ist schönes Wetter angesagt."

Die „Villa" ist das abbruchreife Jugendstilhaus am Ende der Straße, in dem die Darnubis unter dem Dach wohnen. Zu dem Haus gehört ein verwilderter Garten, der bestimmt schon lange kein Grillfest mehr erlebt hat, wenn überhaupt jemals.

„Muzaffar will ägyptische Spezialitäten zubereiten. Das wird wunderbar!" Omas Augen leuchten auf.

Lailas Vater heißt mit Vornamen Muzaffar. Im Gegensatz zu Coco findet Oma diesen Namen umwerfend und benutzt ihn, wann immer sie kann.

„Wollen die beiden heute den ganzen Abend bei uns zu Hause bleiben?", fragt Laila.

„Nein, sie gehen ins Kino." Oma hat wieder einmal diesen verklärten Blick, wie immer, wenn es um Mams und Nubis junge Liebe geht.

„Was meinst du, Coco, wollen wir dann nachher noch eine Runde Bauchtanzen? Du kannst zuschauen, Oma. Coco ist ein Naturtalent."

Laila übertreibt ein wenig, findet Coco, aber sie freut sich trotzdem über das Lob und erlaubt Oma gnädig, zur Wohnung der Darnubis mitzukommen und zuzusehen.

Dinge wandeln sich

Die erste Stunde am Freitagmorgen beginnt mit einer Überraschung. Rheumaschulter, der Deutsch- und Geschichtslehrer von Cocos Klasse, erscheint zum ersten Mal nicht pünktlich zum Unterricht.

„Schade, dass wir hier im Klassenzimmer keinen Kalender haben", meint Micha.

„Wieso?", fragt Coco und reibt sich den Schlaf aus den Augen.

„Na, damit wir den Tag rot anstreichen können", erwidert Micha. „Merkst du nicht, dass das ein Jahrhundertereignis ist?"

Doch, das ist Coco völlig bewusst, wie den anderen auch. Rheumaschulter ist ein vorbildlicher Lehrer, ein wahrer Traumbeamter. Er nimmt seinen Beruf und alles, was damit zusammenhängt, sehr ernst und hat nie eine seiner Pflichten vernachlässigt.

Als er nach einer Viertelstunde noch nicht aufgetaucht ist, wird das Ganze immer mysteriöser.

„Er kommt nicht nur zu spät, sondern überhaupt nicht", vermutet Janka und packt schon mal ihre Geschichtssachen wieder ein. Die ungewöhnliche Situation kommt ihr sehr entgegen, weil sie in diesem Fach keineswegs eine Leuchte ist.

„Hättest du das nicht gestern schon in deinen Karten lesen können und uns Bescheid sagen, Sabrina?", murrt Hansi und gähnt. Dabei reißt er den Mund so weit auf wie ein Scheunentor, worüber jedoch nur sein Zahnarzt entzückt wäre.

Sabrina macht eine Grimasse in Hansis Richtung und wird dann von dem Gähnen angesteckt.

Jeder weiß, wie Hunderttausende von Schülern morgens leiden müssen. Nicht genug, dass sie nachts von Albträumen wegen ihrer fehlenden Hausaufgaben, den bevorstehenden Klassenarbeiten und drohenden Strafen gequält werden, nein, sie werden auch noch zu unmenschlich früher Stunde aus ihren warmen Betten geworfen, um sich mit fragwürdigem Wissen vollstopfen zu lassen. Coco findet das alles zum Heulen!

Und diese schreckliche Folter wäre heute der ganzen Klasse erspart geblieben, wenn Rheumaschulter sich sein Fehlen etwas früher überlegt und angekündigt hätte.

„Ich gehe!" Janka steht entschlossen auf, und über die Hälfte der Mitschüler schließt sich ihr an.

„Das lohnt kaum", meint Coco und kramt ihr Chemiebuch für die nächste Stunde aus der Tasche. Für Chemie hatten sie zwar nichts auf, aber ein Blick auf die Experimente vom letzten Mal kann nie schaden.

„Das ist doch wohl nicht dein Ernst!" Sabrina reißt Coco das Buch aus der Hand und schaut ihr besorgt in die Augen. „Irgendjemand muss dich vor dir selbst retten, sonst endest du noch als Musterschülerin. Und weil sich sonst niemand für diese ehrenvolle Aufgabe meldet, muss ich mich wohl um dich kümmern und dir die Langeweile vertreiben."

Theatralisch wie immer fuchtelt sie mit ihren beringten Fingern vor Cocos Gesicht herum und legt dann ein Päckchen Karten auf den Tisch.

„Nicht schon wieder!" Coco stöhnt und will aufstehen.

Sabrina aber krallt sich an ihr fest und hindert sie daran.

„Wenn Coco keine Lust hat, schau doch mal in deinen Karten nach, was mit Herrn Wiegand los ist." Laila kommt mit ihrem Stuhl nach hinten und sieht Sabrina erwartungsvoll an.

Sabrina macht eine weit ausholende Armbewegung und mischt die Karten. „Ja, lasst uns nachsehen, ob Rheumaschulter das Rheuma mittlerweile in den Kopf gestiegen ist."

Laila lacht über diesen Scherz, und Coco versteht die Welt nicht mehr. Noch vor ein paar Wochen hätte Laila jetzt missbilligend das Gesicht verzogen und ihren Lieblingslehrer mit leiser Stimme verteidigt. Sie hat sich wirklich gewaltig verändert und ist nicht mehr so ernst wie früher.

Seit neuestem schließt sie eine Freundschaft nach der anderen mit ihren Klassenkameraden, und Coco sitzt dumm da und schaut zu.

Das Leben kann manchmal ganz schön ungerecht sein!

Am Nachmittag vor Sport kursieren bereits die wildesten Gerüchte. Einige wollen gehört haben, dass Rheumaschulter im Krankenhaus ist, andere sagen, er läge sogar im Sterben.

Laila ist bei dieser Vorstellung blass geworden, aber auch Coco lässt der Gedanke nicht kalt. Egal wie nervtötend ein Lehrer auch sein mag, mit der Zeit gewöhnt man sich an ihn, und sogar dem schrecklichsten wünscht man nicht wirklich ein Unglück.

Frau Ehling, die Sportlehrerin, wird sofort bei ihrer Ankunft mit Fragen bestürmt, aber sie weiß nicht mehr als die Mädchen selbst. Nur, dass offenbar etwas Schlimmes passiert ist, das ist sicher. Als die Direktorin an diesem Morgen den Anruf wegen Rheumaschulter bekam, war Frau Mehler - die Mathe- und Chemielehrerin in Cocos Klasse - wohl gerade im Direktorzimmer und hat genau gesehen, wie sie Haltung annahm und ihr undurchdringlichstes Gesicht aufsetzte. Und das hat die Direktorin nur für Katastrophenfälle reserviert. Von „Krankenhaus" sei bei diesem Telefongespräch zwar die Rede gewesen, habe Frau Mehler erzählt, aber das könne ja vieles bedeuten.

„Und jetzt lasst uns nicht grübeln, sondern anfangen. Wir werden heute einen Tanz einstudieren." Frau Ehling geht zur Musikanlage, und Coco und Laila tauschen einen freudigen Blick aus. Das hört sich ja gut an.

Herr Darnubi ist in bester Stimmung, als er die beiden Mädchen von der Schule abholt.

„Ich habe eben eine Superüberraschung für deine Mutter besorgt, Coco." Er pfeift fröhlich vor sich hin und fährt natürlich wieder mitten durch das berüchtigte Schlagloch auf der Straße vor der Schule, so dass alle drei fast an die Decke stoßen.

„Ja, was denn? Nun sag schon!", fordert Laila ihren Vater auf.

„Das verrat ich noch nicht", antwortet Herr Darnubi vergnügt.

Laila versetzt seiner Rückenlehne einige Boxhiebe und jault im gleichen Moment auf. „Coco, tu mir den Gefallen und verwuschel ihm zur Strafe seine perfekte Frisur. Ich kann gerade nicht, weil ich mir beide Hände gebrochen habe." Sie stöhnt übertrieben.

Coco zögert ein wenig. Sie mag Nubi sehr gern, aber so nahe ist sie ihm noch nie gekommen.

„Nun mach schon!"

Aus dem Verwuscheln wird mehr ein Streicheln, aber Herr Darnubi weicht wirklich lachend aus. Er ist ziemlich eitel, was sein Äußeres anbetrifft. Und dann legt er Coco kurz den Arm um die Schultern und drückt sie ein bisschen. Coco merkt, wie sie knallrot wird. Es ist schon ärgerlich, wenn man keine Erfahrung mit Vätern & Co. hat. Bei Opa, der vor ungefähr zwei Jahren gestorben ist, war das was anderes. Der war alt und eben der Opa. Aber Nubi ist jung und knutscht mit Mam herum. Wie soll man sich da verhalten?

Herr Darnubi hat offenbar keine Schwierigkeiten mit seiner neuen Stellung als zweifacher Familienvater. Schwungvoll fährt er auf den Parkplatz des Supermarkts und steigt aus.

„Zeig mal deine gebrochenen Hände", fordert er Laila auf.

Die boxt ihm scherzhaft in den Bauch, und dann nimmt er sie in den Arm.

Laila und ihr Vater halten zusammen wie Pech und Schwefel. Und Mams und Nubis Verhältnis scheint an der Sache kein bisschen zu ändern.

„Jetzt musst du mir helfen, Coco, und sagen, was die Collmann-Frauen morgen am liebsten auf dem Grill haben wollen." Herr Darnubi schnappt sich zwei riesige Einkaufswagen und schiebt einen davon in Lailas Richtung.

„Vielleicht wollen sie ja Muzaffar-Rippchen", kontert Laila zuckersüß und schiebt den Wagen wieder zurück.

So geht das noch ein Weilchen hin und her, bis sich die beiden wirklich aufs Einkaufen konzentrieren. Und Cocos Augen werden immer größer, je mehr die Berge an Lebensmitteln in den Wagen anwachsen.

„Ich dachte, das soll ein kleines Gartenfest im Familienkreis werden", wagt sie zu sagen, als sie vor der Kühltheke mit Geflügel stehen.

„Babas Überraschung für deine Mam ist wahrscheinlich ein Wolfsrudel", vermutet Laila scherzhaft.

„Ein Hund wäre gar nicht schlecht", murmelt Coco und legt ein Päckchen scharf gewürzte Putenfilets in den Wagen. „Die mag Oma gern."

„Die Hunde oder die Filets?" Laila kichert, aber Herr Darnubi schaut Coco plötzlich merkwürdig an.

„Mag Bille auch gern Hunde?"

„Soweit ich weiß, hat sie als Mädchen wohl immer von einem großen Haus mit einem großen Garten und einem großen Hund geträumt", erzählt Coco. „Aber bis jetzt hat es noch nicht einmal zu einem kleinen Haus mit kleinem Garten und kleinem Hund gereicht."

„Haus, Hund und Garten", murmelt Herr Darnubi vor sich hin und wirkt plötzlich nachdenklich.

Hoffentlich hat er das nicht falsch aufgefasst!, überlegt Coco. Das klang ja beinahe so, als wolle Mam unbedingt einen reichen Mann. Und das ist Nubi offensichtlich nicht.

Als er dann aber tütenweise Popcorn auf seine Einkäufe stapelt, ist er wieder ganz der Alte und albert mit Laila herum.

Obwohl das Auto beinahe vor Lebensmitteln überquillt, holen sie noch Mam von der Arbeit ab.

Coco überlässt ihr bereitwillig den vorderen Platz und quetscht sich zu Laila auf die Rückbank.

„Und was ist mit meinem Auto? Soll ich das etwa

hier stehen lassen?", protestiert Mam, allerdings etwas halbherzig. Ihre Augen strahlen, wie immer, wenn Nubi da ist.

„Ich fahr dich morgen zur Arbeit." Er verhindert weitere Einwände mit einem langen Kuss.

Coco und Laila sehen sich viel sagend an und verdrehen die Augen. Was die Liebe doch mit vernünftigen, selbstständigen Personen alles anstellen kann!

Der Samstagmorgen beginnt bereits völlig anders als normal. Keine Mam, die hastig durch die Wohnung stapft und „Coco, aufstehen!" brüllt. Keine frische Parfümwolke im Bad und kein Zuknallen der Wohnungstür, was sonst für Coco das letzte Zeichen ist, sich endlich aus dem Bett aufzurappeln, wenn sie sich nicht verspäten will.

Und auf einmal ist Coco alles klar. Mam ist gestern Abend nicht nach Hause gekommen! So lange Coco sich erinnern kann, ist so etwas noch nie passiert.

Das ist ein sonderbares Gefühl für sie, sich vorzustellen, dass Mam die Nacht mit Nubi verbracht hat. Und wie merkwürdig muss es erst für Laila gewesen sein.

„Hast du das gewusst?" Coco stürmt in die Küche. Sie hat sich in Rekordzeit angezogen und fertig gemacht.

„Habe ich was gewusst?", fragt Oma.

„Na, dass Mam bei Nubi übernachtet, was sonst!"

„Muzaffar hat gestern Abend noch angerufen und Bescheid gesagt. Sehr anständig von ihm."

Ob man „anständig" in diesem Fall sagen kann?, denkt Coco.

„Er hat sich nicht einmal herausgeredet, dass das so bequemer ist, weil Bille ja ihr Auto auf dem Parkplatz stehen gelassen hat und er sie zur Arbeit fahren muss." Oma schaut Coco aufmerksam an. „Die meisten Männer hätten diese Ausrede benutzt."

Coco setzt sich an den Frühstückstisch und beäugt das Angebot.

„Meinst du, wir sollten schon mal mit dem Fasten anfangen?"

Oma zieht fragend die Augenbrauen hoch. „Willst du etwa ins Kloster gehen, nur weil deine Mutter endlich einmal Gelegenheit hat, sich wie eine normale junge Frau zu verhalten?"

„Quatsch! Ich meine doch das Gartenfest. Das mit Mam und Nubi ist schon in Ordnung. Ich mag ihn, ehrlich."

Coco knabbert an einem Stück Möhre. Sie braucht ja nicht zuzugeben, dass das Ganze für sie tatsächlich noch etwas gewöhnungsbedürftig ist.

In der Vorstellung war alles toll: neuer Vater, große Familie, gut gelaunte Mam ... Aber jetzt, wo es Wirklichkeit geworden ist, fühlt Coco sich merkwürdig. Nicht vernachlässigt oder auf dem Abstellgleis, nein, sie gönnt Mam das Glück von ganzem Herzen, aber ...

„Weißt du, Coco, lange geht das sowieso nicht mehr so weiter", unterbricht Oma Cocos Gedanken.

„Was meinst du damit?" Coco schaut alarmiert auf.

„Sie müssen sich irgendwann entscheiden. Ob sie zusammenziehen oder nicht, ob sie heiraten oder nicht, ob sie weitere Kinder wollen ..." Oma verstummt.

... oder nicht!, fügt Coco in Gedanken hinzu und muss schlucken. Weitere Kinder! Himmel, daran hat sie noch gar nicht gedacht.

„Also, dieses Hin und Her wird auf jeden Fall sein Ende haben." Das klingt bereits wieder so energisch, wie Coco es von Oma gewohnt ist.

Aha!, denkt Coco. Ganz kalt lässt Oma die Situation offenbar auch nicht.

„Was meinst du, soll ich mir lieber jetzt schon im Magen ein bisschen Platz lassen für Nubis Spezialitäten?", meint Coco.

„Bis dahin ist noch lange Zeit. Außerdem war die Sache mit den beiden Einkaufswagen wohl eher als Spaß gemeint. Bille sagt, dass Muzaffar sowieso alle vier Wochen einen Großeinkauf macht, um die Vorräte aufzufüllen ..." Oma lacht leise.

„Das sieht ihm mal wieder ähnlich!" Brummend greift Coco zu einem knusprigen Mohnbrötchen.

Coco steht pünktlich am Straßenrand und hält nach „Dschamila", dem Auto der Darnubis, Ausschau. Es taucht zur gleichen Zeit auf wie sonst, und die Begrüßung verläuft ebenfalls so kurz und herzlich wie immer. Laila kämpft noch mit ihrem Morgenmuffel, und Nubi summt aufgekratzt vor sich hin.

Während der Fahrt schaut Coco immer wieder mal verstohlen zu ihm rüber, aber von der besonderen Nacht ist ihm nichts anzumerken. Nur ein kleiner Hauch von Mams Parfüm liegt in der Luft, doch das hat nicht viel zu sagen.

„Deine Mam ist große Klasse!", verkündet Laila, kaum dass sie vor der Schule aus dem Auto gestiegen sind. „Wir haben bis spät in die Nacht Scrabble gespielt. Und sie hat jedes Mal haushoch gewonnen."

„Scrabble? Ich habe gar nicht gewusst, dass sie das kann."

„Das müssen wir mal wiederholen, zusammen mit Oma und dir. Zu fünft ist es bestimmt viel lustiger." Laila hakt sich bei Coco ein und ruft einen fröhlichen Gruß in Sabrinas Richtung, die gerade um die Ecke gehechtet kommt.

„Echt lustig!", murmelt Coco vor sich hin. Das ist doch zu ungerecht. Sie und Oma haben gestern Abend nur vor der Glotze gesessen und sich einen faden Film angeschaut, während bei Darnubis Stimmung angesagt war! Abrupt löst sich Coco von Lailas Arm.

„Was hat sie denn?", hört Coco noch Sabrina fragen, bevor sie in der Mädchentoilette verschwindet.

Coco will jetzt erst mal eine Weile allein sein.

Alles in Maßen!

Coco reißt die Augen auf, und Oma schlägt die Hände über dem Kopf zusammen.

„Muzaffar!", ruft sie und lässt sich in den nächstbesten Gartenstuhl fallen. „Das ist ja unglaublich. Wie hast du das bloß in der kurzen Zeit geschafft?"

Das fragt sich Coco auch. Der Garten der Jugendstilvilla ist nicht wieder zu erkennen. Wo vorher nur eine Wildnis aus wuchernden Pflanzen und kniehohem Gras war, ist jetzt ein ordentlich gemähter freier Platz, umrahmt von sauber gestutzten Büschen. Lampions hängen an Schnüren, die von Baum zu Baum gespannt sind, und im Hintergrund steht ein riesiges Buffet mit Schüsseln und Schalen voller Köstlichkeiten. In der äußersten Ecke zur Straße hin hat Nubi den Grill aufgestellt, aus dem es schon würzig duftet. Und daneben steht Mam mit einem riesigen Fächer in der Hand und albert herum.

„Du hast Recht, Oma", sagt Coco dumpf. „Manchmal benimmt sie sich wie eine richtige Bille."

„Ob Sibylle, Bille oder Billy, mit Muzaffar hat sie diesmal den richtigen Fang gemacht." Damit steht Oma auf und zieht Coco hinter sich her zum Grill.

„Wenn mein Alois noch leben würde, hätte er dich mit offenen Armen in die Familie aufgenommen", sagt Oma zu Nubi.

„Das hast du doch auch getan", erwidert der. „Ihr alle, deshalb fühlen wir uns ja so wohl. – Halt, Bille, was machst du da? Wenn du so weiterwedelst, geht die Glut aus." Er nimmt Mam den Fächer aus der Hand.

„Ist das nicht Lailas Flamenco-Fächer?" Coco schaut das Riesending prüfend an. „Der vom spanischen Marktfest?"

Nubi zuckt mit den Schultern. „Ich weiß nicht, wo Bille den aufgegabelt hat, auf jeden Fall ist er für diese Zwecke völlig nutzlos. Außerdem braucht die Glut eines echten Grillmeisters nicht mehr angefächert zu werden."

„Angefacht, Habibi, nicht angefächert", korrigiert Mam ihren Liebsten und kichert dabei.

Coco ist ihr Benehmen entschieden zu peinlich. Mam nennt ihn auf Arabisch Habibi, „mein Liebling". Wie kitschig! Coco schnappt sich den Fächer und geht zu Laila hinüber.

„Hier, ist das nicht dein Flamenco-Fächer?"

„Ja, danke. Ich habe ihn deiner Mutter geliehen. Ich glaube, ihr war vorhin neben dem Grill zu warm." Laila konzentriert sich auf eine Hand voll Radieschen, die sie in Blütenform schneiden will, um damit die kalten Platten zu garnieren. „Sie will unbedingt Baba helfen."

O ja, sie ist ihm eine kolossale Hilfe!, denkt Coco spöttisch, lässt Laila aber in ihrem Glauben, dass Mam rein praktische Gründe hatte und nicht einfach nur turteln will. Das Erwachen wird noch früh genug kommen, wenn sie Mam einmal richtig kennen gelernt hat. Es sieht nämlich ganz danach aus, als ob die ihre Jugend nachholen will, mit allen Albernheiten, die dazugehören.

Und auch Oma scheint davon angesteckt zu sein. Die beiden kichern um die Wette.

Aber eigentlich sind alle guter Laune, obwohl ein Gartenfest um diese Jahreszeit ja ein Unding und die ägyptische Musik im Hintergrund für einige Ohren sicher gewöhnungsbedürftig ist.

Eine nette alte Dame aus der Nachbarschaft sitzt dick eingemummelt, aber mit strahlendem Gesicht auf der alten Holzbank. Neben ihr hält eine junge Frau einen noch dicker eingepackten Säugling auf dem Schoß. Soweit Coco weiß, wohnt die Frau in dem Eckhaus zwei Grundstücke weiter. Mit ihrer bekleckerten Schürze sieht sie nicht gerade so aus, als hätte sie den Besuch des Gartenfestes im Voraus geplant.

Ein bärtiger Mann im orangefarbenen Overall der Stadtreinigung und mit klobigen Stiefeln stellt sein leeres Glas auf den Holztisch. „Danke, Kumpel, das tat gut!", ruft er Nubi zu und tippt sich noch freundlich an die Mütze, bevor er geht.

Coco bekommt einen vagen Eindruck davon, was ägyptische Gastfreundschaft bedeutet. Nur eins wundert sie: Bis vor kurzem waren die Darnubis noch regelrecht menschenscheu. Aber eine Prise Freundlichkeit und ein paar Wochen Zeit haben anscheinend völlig neue Menschen aus ihnen gemacht.

„Warum stehst du hier allein und mischst dich nicht unter die Leute? Du wirst doch nicht plötzlich schüchtern werden?" Nubi ist unbemerkt herangetreten und legt Coco den Arm um die Schultern. „Wir vermissen dich. Deine Mutter sagt, was das Kochen anbetrifft, wärst du diejenige, die noch am meisten von deinem Opa gelernt hat. Daher möchte ich dir die Oberaufsicht am Grill übertragen."

„Das überlässt du besser Laila", wehrt Coco lachend ab. „Wir Collmanns sind darin alle hoffnungslose Fälle."

Aus der Hand voll Gäste werden im Laufe des Festes immer mehr Leute. Jeder, der vorbeikommt, wird eingeladen und kriegt einen Teller mit Essen in die Hand gedrückt. Als es hinter der Hecke raschelt und ein Strohhut auftaucht - das Markenzeichen des berühmt-berüchtigten Schrebergartenbesitzers, der Coco schon einmal erschreckt und bösartigen Klatsch über die Darnubis verbreitet hat -, winkt Mam dem Mann übermütig zu und lädt ihn ebenfalls ein mitzufeiern. Aber er schimpft nur laut vor sich hin und verschwindet schnell wieder.

Janka ist auch da. Sie ist beim Zeitungaustragen vorbeigekommen. Und die Journalistin, die in der Straße wohnt, hat wohl ihre berufsbedingte Neugier hergetrieben. Sie weicht Nubi nicht von der Seite und versucht sogar, mit ihm zu flirten. Mam zieht sie kurzerhand von ihm weg und stellt ihr Oma vor, als ob sich die beiden nicht schon längst kennen würden. Das ist zwar ein völlig offensichtliches Ablenkungsmanöver, aber es wirkt.

Als es dunkel wird und die Lampions angemacht werden, kommt Hansi auf dem Rad vorbei und ist völlig begeistert von der Atmosphäre und den köstlichen ägyptischen Spezialitäten.

„Warum hast du mir nicht einen Wink gegeben?", fragt er Coco vorwurfsvoll. „Wenn ich mir vorstelle, was ich beinahe verpasst hätte, wenn ich nicht zufällig eine Runde auf dem Rad gedreht hätte ..."

„Ich wusste doch selbst nicht, dass ein kleines Familienfest bei den Darnubis solche Ausmaße annimmt", verteidigt sich Coco.

„Mmmh, das schmeckt aber toll!" Hansi beißt genießerisch in ein gefülltes Hackfleischbällchen. „Hast du das auch schon probiert?"

„Man spricht nicht mit vollem Mund." Coco grinst ihn an. „Ich glaube, ich habe alles schon probiert: die Bällchen, das Gegrillte, dieses Püree aus dicken Bohnen und die Paste aus Kichererbsen, dann Oliven, Pfefferschoten und jede Menge rohe Zwiebeln. Soll ich dich mal anhauchen?"

„Kein Bedarf!" Hansi geht lachend in Deckung. „Aber ich hab auch schon einige Zwiebelringe gegessen. Daher macht mir deine Fahne nichts aus."

„Weißt du, in letzter Zeit dreht sich bei uns fast alles ums Essen. Laila wälzt mit Oma Rezepte, Mam lobt Nubis Kochkünste, und ich, ich esse, was ich kriegen kann." Coco tritt näher an das Buffet. „Hast du Sniffy und Snoopy mitgebracht?"

Sniffy und Snoopy sind Hansis Ratten, die ihn fast überallhin begleiten.

„Klar! Radfahren mögen sie besonders gern."

„Idiot!" Coco schmunzelt. „Wenn sie in deinem Pullover stecken, merken sie doch gar nicht, ob du radelst, rennst oder herumschleichst."

„Und ob sie das merken. Zum einen sind sie selbst sehr sportlich und spüren es, wenn ich auf dem Fahrrad sitze, und außerdem wird es ihnen ganz schön warm, wenn ich mich anstrenge."

Während Hansi seine Ratten verteidigt, holt er sie auch schon hervor. „Siehst du, wie ihre klugen Augen glänzen? Sie wissen genau, dass man hier Leckeres essen kann."

„Gib mir Sniffy, dann gehen wir zum Buffet." Coco lässt sich die weiße Ratte rückwärts in den Ärmel schieben, so dass nur noch die niedliche kleine Schnauze herausschaut.

Hinter dem Buffet haben es sich Nubi und Mam bequem gemacht. Mam sitzt auf seinem Schoß (in ihrem Alter!), und beide sehen sehr glücklich aus.

„Na, Coco, hat's geschmeckt?", fragt Nubi und schneidet damit wieder das aktuelle Lieblingsthema an.

„Du siehst doch, meiner Tochter schmeckt es immer noch", antwortet Mam statt Coco. „Bei ihrem

Appetit ist es ein Wunder, dass sie nicht schon längst wie ein Fass aussieht."

„Greif ruhig weiter zu, Coco!", fordert Nubi sie lächelnd auf. „Und hör nicht auf deine Mutter. Die hat sich mittlerweile selbst überfressen. Weißt du, dass sie in einer Minute fünf Falafil vertilgt hat? Von den anderen Sachen ganz zu schweigen."

Mam will sich aufrappeln und etwas erwidern, als plötzlich ein Chaos ausbricht. Nubi springt mit einem durchdringenden Schrei auf, und im nächsten Moment liegt Mam auch schon am Boden.

Verstört schauen sie und Coco Nubi hinterher, wie er im Zickzack im Garten herumspringt und immer mal wieder mit einer Servierschaufel auf den Boden schlägt.

Erst als Coco sieht, wie Hansi durchs Gartentor verschwindet und dann eilig mit dem Rad davonfährt, wird ihr bewusst, was gerade eben passiert ist: Sniffy hat die Geduld verloren, ihren Pulloverärmel verlassen und sich auf das Buffet gestürzt. Zum Glück war Hansi geistesgegenwärtig genug und hat Sniffy schnell vor Nubis Angriffen gerettet.

Bei Ratten hört seine Gastfreundschaft offensichtlich auf!

„Habt ihr das gesehen?" Nubi kommt atemlos zurück. „Das Vieh war bald einen halben Meter lang! Ich glaube, ich muss doch mal den Keller ausmisten."

Mit einem leichten Grinsen verzieht sich Coco

unter die alte Eibe. Sie ist beinahe erleichtert darüber, dass der ach-so-perfekte Nubi auch seine Schwächen hat.

Eine Dreiviertelstunde später beim Aufräumen vergeht Coco allerdings das Lachen. Das viele Essen in ihrem Bauch fühlt sich wie Zement an, und aus dem anfänglich leichten Zwicken werden richtige Bauchschmerzen.

Mam, die Nubi beim Wegtragen der Tische hilft, ist auch auffallend ruhig geworden. Oma hat sich schon vor einiger Zeit ins Haus zurückgezogen.

Coco rafft sich auf und bringt das Geschirr nach oben in die Küche.

Dort sitzt Oma in einem der gemütlichen Korbsessel, und vor ihr steht eine dampfende Tasse Kamillentee.

„Warum hast du nicht gleich eine ganze Kanne aufgegossen?" Coco stellt schnell das Geschirr ab und lässt sich stöhnend in den nächsten Sessel fallen. „Ich habe mich nämlich regelrecht überfressen. Diese Kichererbsenpaste hat so gut geschmeckt ..."

„Die Fleischbällchen mit den Pinienkernen, die waren am besten", wirft Oma ein. „Und dieses Bohnenpüree. Ich weiß noch, dass dein Opa früher auch öfter eine Suppe aus diesen getrockneten, dicken Bohnen gekocht hat, aber ich glaube, er hat noch Speck reingetan."

„Hör auf, Oma!" Coco schluckt. „Bitte sprich nicht vom Essen."

„Was ist denn hier los?" Laila kommt in die Küche und sieht Cocos und Omas klägliche Gesichter. Dann grinst sie. „Oh, oh, ich glaube, ich weiß es. Hat es euch zu sehr geschmeckt?"

„Lach uns doch nicht noch obendrein aus", klagt Oma.

Laila holt eine Dose aus dem Schrank und wirft ein paar Kräuter in die Teekanne. „Keine Sorge, eine Tasse von diesem bitteren Gebräu, und ihr seid wieder wie neu."

„Wieso geht es dir nicht schlecht?" Coco sieht Laila misstrauisch an. „Ich habe genau gesehen, wie du dir Unmengen von diesem Auflauf reingestopft hast."

„Ja, aber mehr auch nicht." Laila lacht. „Weißt du, Baba wollte euch alle ägyptischen Spezialitäten gleichzeitig vorstellen. Das war vielleicht keine so gute Idee. Er hat nicht bedacht, dass ihr dann riesige Mengen durcheinander esst."

„Na, riesige Mengen ist wohl übertrieben." Oma gibt Laila einen Klaps.

Im Flur ist Stöhnen und Gelächter zu hören, und dann taucht Nubi mit Mam auf den Armen in der Küchentür auf.

„Uff!" Er lässt seine Last in der Küche herunter. „Du hast mindestens zehn Kilo zugenommen."

Dann sieht er die kleine Versammlung und die Teekannen und lacht lauthals los.

„Ist er nicht gemein?", beklagt sich Mam. „Das

hat er genau geplant. Wenn es doch nur nicht so gut geschmeckt hätte! Ich glaube, ich werde mich eine Woche lang nicht mehr bewegen können."

„Niemand hat dir gesagt, dass du reinhauen sollst, als wäre es die letzte Gelegenheit." Immer noch lachend gießt Nubi allen eine Tasse von Lailas Kräutertee ein.

„Wie heißt es so schön?", sinniert Oma. „Alles in Maßen, auch das Gute!"

Nach ein paar Schlucken des grässlich bitteren Tees stellen die drei Collmanns einmütig (wenn auch nicht ganz wahrheitsgemäß) fest, dass es ihnen schon viel besser gehe und eine weitere Tasse Tee wirklich nicht nötig sei.

„Ihr könnt gerne hier übernachten", bietet Nubi an. „Wir haben ein Gästebett, und für Coco ist bei Laila sicher genug Platz."

„Danke, Muzaffar, das ist lieb gemeint." Oma steht vorsichtig auf. „Aber in einem solchen Fall ist das eigene Bett doch das Beste. Kommst du auch mit, Sibylle?"

„Ja, ich denke schon." Sie gibt Nubi einen langen Kuss. „Vielen Dank, es war ein tolles Fest und ein fantastisches Essen."

„Das war es, ohne Zweifel", bekräftigt Oma. „Aber wir sind eben so was Gutes nicht gewohnt. Hab Nachsicht mit uns."

Nubi umarmt Coco zum Abschied. „Du hast dich tapfer gehalten", flüstert er ihr zu, bevor er laut zu allen dreien sagt: „Kommt morgen vorbei und helft uns die Reste aufessen!"

„Oh nein!"

„Bitte nicht mehr dieses Thema!"

Lachend und sich den Bauch haltend, machen sich Oma, Mam und Coco auf den Weg nach Hause.

Jankas Goldsuche

••••••••••••••••••••••

„Coco, Telefon für dich!"

Omas Rufen durchdringt die sonntagmorgendliche Stille.

Welcher Spinner ruft um diese Zeit an?, fragt sich Coco und quält sich aus den Federn.

Barfuß tappt sie in den Flur zum Telefon.

„Hi, Coco, wie geht's?"

„Hansi! Konntest du nicht später anrufen?" Coco gähnt ausgiebig.

„Noch später? Hast du mal auf die Uhr geschaut? Es ist gleich zwölf!"

„Okay, mag sein. Ich hab aber noch nicht ausgeschlafen."

„Wie war es denn gestern noch? Ich musste ja leider flüchten."

Coco kichert und erzählt dann vom Ergebnis ihrer Fressorgie.

„Es trifft doch immer die Falschen", beschwert sich Hansi. „Ich hätte jede Menge von den herrlichen Fressalien wunderbar vertragen und musste viel zu früh gehen. Sniffy und Snoopy sind auch furchtbar enttäuscht. Hörst du, wie unsere Mägen knurren?"

Am anderen Ende der Leitung ist ein Rascheln zu hören, und Coco kann es sich richtig gut vorstellen, wie der alberne Hansi erst sich und dann den Ratten den Telefonhörer an den Magen hält, oder zumindest dahin, wo er ihren Magen vermutet.

„Hast du es gehört?"

„Ja, ein wahres Donnergrollen!" Lachend geht Coco auf den Spaß ein. „Weißt du, was? Ich hab eine gute Idee. Nubi hat uns zum Resteessen eingeladen. Keine Ahnung, wie Oma und Mam heute dazu stehen. Die waren gestern genau wie ich davon überzeugt, dass sie nie wieder Hunger kriegen. Aber ich denke, in ein oder zwei Stunden kann ich wieder was vertragen. Was hältst du davon, wenn wir uns bei Laila treffen? Dann könnt ihr drei Nagetiere die Party nachholen."

Daraufhin ist es erst einmal still.

„Ich weiß nicht", kommt es zögernd von Hansi. „Lailas Vater war ja nicht gerade erpicht auf meine Haustiere."

„Nein." Coco kichert wieder. „Es sah toll aus, wie er herumgehüpft ist. So ähnlich wie Rumpelstilzchen."

„Ich will keinen Ärger machen. Den hab ich hier zu Hause schon genug."

„Ist was mit deinem Vater?", fragt Coco.

„Nein, der ist wieder zu einer Konferenz in China", erwidert Hansi. „Aber unsere Haushälterin hat protestiert. Sie will in Streik treten, wenn ich mich nicht zivilisierter benehme."

„Ich dachte, sie würde ‚dein Reich' überhaupt nicht betreten."

„Tut sie auch nicht - aber ich hab da dieses Experiment gemacht, weißt du, das mit dem Schwefelwasserstoff, und der Geruch ist natürlich nicht in meinem Zimmer geblieben ..."

„... sondern durchs ganze Haus gezogen", ergänzt Coco. „Wer experimentiert auch mit Stinkbomben im eigenen Zimmer herum, wo die ausschließlich für Lehrer bestimmt sind. Wenn ich das gemacht hätte, wäre selbst Omas Geduld zu Ende gewesen. Aber wieso sollte es Probleme geben, wenn du die Ratten bei Laila in die Wohnung schmuggelst? In so was hast du doch Übung."

„Aber Laila ist auch empfindlich, was die beiden angeht."

„Gestern hat sie laut gelacht", widerspricht Coco. „Komm einfach vorbei, wir machen das schon."

„Okay, bis gleich."

Nach dem Telefongespräch ist Coco viel munterer. Die Sonntage sind sonst immer so öde, aber dieser heute verspricht lustig zu werden. Mit Hansi ist es nie langweilig.

Oma will einen großen „Verdauungsspaziergang" zu ihrer Freundin Bette machen, und Mam möchte Nubi zu sich einladen, um sich für die Grillparty zu revanchieren, wie sie sagt. Coco ist völlig klar, was sie damit meint. Das Ganze wird schlicht und einfach in einer Knutscherei enden.

„Dann habt ihr drei die Wohnung bei den Darnubis ganz für euch allein", fügt Mam noch hinzu. „Freu dich doch."

„Hast du keine Angst, dass wir vielleicht auch knutschen?", bemerkt Coco unschuldig grinsend.

„Dafür seid ihr Gänschen doch noch viel zu jung, oder?"

„So lange wir nicht so uralt sind wie du, hast du nichts zu befürchten", beruhigt Coco sie und schnappt sich ihre grüne Jacke.

Als Coco bei den Darnubis eintrifft, ist Nubi gerade am Aufbrechen.

„Mam erwartet dich schon sehnsüchtig", lästert Coco, lässt sich aber gerne gefallen, dass Nubi ihr freundschaftlich durchs Haar fährt.

„Fein, und ihr macht mir keinen Unsinn, okay?"

„Okay!", ertönt es einstimmig von Coco und Laila.

Die arme Laila weiß ja noch nicht, was auf sie zukommt.

Nubi zwinkert den beiden noch ein letztes Mal zu und geht dann fröhlich pfeifend die Treppe hinunter.

„Deine Mam hat einen völlig neuen Menschen aus ihm gemacht", meint Laila und schließt die Wohnungstür.

„Das ist umgekehrt ganz genauso. Mam hat heute beim Duschen laut gesungen. Es klang verdächtig nach einem dieser ägyptischen Lieder, wo tausendmal ‚Habibi' drin vorkommt, was dein Vater so gerne hört."

„Was wollen wir denn heute machen - außer essen, meine ich?"

Laila führt Coco in ihr Zimmer und macht schnell noch das Bett.

„Hansi hat mich eben angerufen", berichtet Coco. „Ich hab ihn hierher eingeladen."

„Prima, das wird lustig."

„He, was hast du denn mit deiner Frisur gemacht?" Coco hält sich lachend die Hand vor den Mund, als Hansi die letzten Stufen zur Wohnung der Darnubis hochsteigt.

„Ach, ich hab nur ein neues Styling ausprobiert." Er fährt sich verlegen mit den Fingern durch die Haare. „Aber die würden mir auch so zu Berge stehen. Ich hab nämlich auf dem Weg hierher etwas Sensationelles gesehen."

„Komm doch erst mal rein." Laila hält ihm einladend die Tür auf.

„Warte, ich will euch das schnell erzählen." Hansi tritt nur ein paar Schritte in den Wohnungsflur. „Ihr kennt doch die alte Brücke unten am Fluss, da wo die Polizei immer die armen Obdachlosen verscheucht."

„Hm", macht Coco.

Sie hat zwar davon gehört, ist aber bis jetzt noch nie in dieser Gegend gewesen. Das Viertel ist ziemlich verrufen.

„Ich bin da eben vorbeigefahren ..."

„Das ist aber ein riesiger Umweg", wirft Laila ein. „Was wolltest du denn da?"

„Nichts Besonderes", erwidert Hansi. „Ich hab mir nur ein bisschen den Wind um die Ohren wehen lassen. Und auf dem Radweg neben dem Fluss kann ich so richtig loslegen. Egal, also, was meint ihr, wen ich unter der Brücke gesehen habe?"

„Weiß nicht, vielleicht ein Liebespaar? Splitternackt?" Coco grinst.

„Woran du mal wieder denkst ..." Hansi wirft ihr einen strengen Blick zu. „Nein, viel besser - Janka und Rüdiger."

„Was?" Laila reißt erstaunt die Augen auf.

„Haben sie etwa ..."

„Nicht, was du vermutest, Coco." Hansi gibt ihr einen Knuff. „Sie saßen nur in trauter Zweisamkeit nebeneinander und steckten die Köpfe zusammen."

„Ich fass es nicht!" Coco lässt sich auf die Bank vor der Garderobe plumpsen. „Janka verbringt den Sonntag mit Rüdiger, ausgerechnet mit dem!"

Rüdiger ist der Klassenrowdy. Wann immer es eine Gelegenheit gibt, jemanden zu ärgern, herumzustänkern oder den Lehrern eins auszuwischen, Rüdiger nutzt sie.

„Das muss ich selbst sehen." Coco steht auf.

„Du willst jetzt den weiten Weg zur Brücke fahren, nur um die beiden da sitzen zu sehen? Du spinnst ja!" Laila tippt Coco an die Stirn.

„Vielleicht ist das alles gar nicht so harmlos. Er

könnte sie ja auch gezwungen haben, mit ihm zur Brücke zu gehen", meint Coco, obwohl sie selbst nicht so recht daran glaubt. Eigentlich ist sie nur neugierig, aber das klingt lange nicht so gut wie dieser Grund!

„Zu Janka ist Rüdiger doch meistens nett", erinnert Laila sie. „Er lässt sie immer in Geschichte abschreiben. Vielleicht revanchiert sie sich jetzt dafür und hört ihm ab und zu bei seinen Problemen zu."

„Rüdiger und über Probleme reden?" Hansi verzieht das Gesicht. „Das glaube ich nicht. Ein Kerl wie der würde nicht einmal zugeben, dass er Probleme hat, wenn er bis zum Hals drinsteckt."

Coco zieht sich ihre Jacke an. „Kommst du mit, Laila?"

Laila schüttelt den Kopf. „Macht ihr das mal allein. Ich habe keine Lust, Leute zu bespitzeln."

„Ha, ha, unser tugendhaftes Mädchen." Coco nimmt Hansis Arm. „Beeilung, sonst sind sie nachher weg."

Bei sich zu Hause holt Coco ihr Rad aus dem Keller, und dann strampeln sie los.

„Schau dir die beiden an!" Coco senkt ihre Stimme zu einem Flüstern, obwohl Janka und Rüdiger sie auf die Entfernung hin bestimmt nicht hören können. „Ist das ein Buch in Rüdigers Schoß?"

Hansi kneift die Augen zusammen. „Sieht fast so aus."

„Ich weiß, was sie machen." Coco vergisst für einen Moment, leise zu sprechen. „Rüdiger gibt Janka Nachhilfe."

„Eher umgekehrt", meint Hansi. „Schau doch, wie sie dasitzen. Janka deutet immer wieder auf etwas im Buch, und Rüdiger nickt."

„Worin kann Janka denn Nachhilfe geben?", überlegt Coco laut. „Sie ist in allem nur mittelprächtig, genau wie ich."

„Na und? Das reicht für Rüdiger. Mittelprächtig ist bei seinem mit Fünfen gespickten Zeugnis schon eine große Verbesserung." Hansi sucht sich einen Platz mit noch günstigerer Sicht. „Wenn er neben Geschichte nicht auch noch in Mathe eine einigermaßen gute Note hätte, wäre er schon vor Jahren sitzen geblieben."

„In Physik ist er auch Klasse", gibt Coco zu bedenken.

„Aber das hilft ihm nicht viel, weil es seine Fünf in den Hauptfächern Deutsch und Englisch kaum ausgleicht." Hansi nestelt an seinem Pulloverausschnitt herum, aus dem seine beiden Ratten neugierig hervorlugen.

„Kannst du dir vorstellen, dass die beiden da unten gerade Vokabeln pauken? Ich nicht." Coco lacht leise.

„Ja, ist schon irgendwie komisch. Hast du genug gesehen?" Hansi dreht sich zu Coco um. „Die bleiben sicher noch eine Weile."

„Okay, fahren wir zurück." Coco wirft noch einen letzten Blick auf die sonderbare Szene. „Ich glaube nicht, dass Janka Hilfe braucht."

„Du mit deiner düsteren Fantasie." Hansi schüttelt den Kopf und steigt in die Pedale.

„Na, hast du Janka vor dem Bösen retten können?" Laila hat den Küchentisch mit den übrig gebliebenen Spezialitäten vom Gartenfest gedeckt.

„Eigentlich war das nur eine Ausrede. Ich war einfach neugierig." Coco schaut etwas beschämt drein. „Aber es war wirklich sehenswert. So zahm habe ich Rüdiger noch nie erlebt."

„Ja, Janka scheint Zauberkräfte zu besitzen", fügt Hansi hinzu.

„Ich hätte nie gedacht, dass sie auch zu der Sorte Mädchen gehört ...", überlegt Coco laut. „Sie wirkt immer so nüchtern und praktisch."

„Welche ‚Sorte' Mädchen meinst du denn?", fragt Laila.

„Na, diese Goldsucherinnen", erklärt Coco. „Die sanften, stillen Mädchen, die sich zu brutalen Typen hingezogen fühlen, um das Gute in ihnen zum Vorschein zu bringen, das Stückchen Gold unter all dem Dreck. Raue Schale, weicher Kern - du weißt schon, was ich meine."

„Die Schöne und das Biest!" Laila nickt und stimmt die Filmmelodie an.

„Mann, hab ich einen Hunger!", verkündet Hansi

und schielt zu all den Köstlichkeiten hinüber, die Laila aufgetischt hat.

„Ich auch!" Coco fasst sich an den Bauch. „Aber heute esse ich nur einen Teller voll oder eineinhalb. Na ja, vielleicht auch zwei."

„Oder drei oder vier?" Laila stellt ihr einen riesigen Teller hin, und alle lachen.

Dann herrscht erst einmal gefräßige Stille, bis Laila aufsteht, zwei Untertassen holt und sie vor Hansi hinstellt.

„Was soll ich damit?", fragt der verwirrt.

„Damit du unsere kleinen Gäste nicht so umständlich unter dem Tisch füttern musst." Laila sieht ihn viel sagend an.

„Du bist echt eine prima Freundin." Hansi nickt ihr anerkennend zu und holt Sniffy und Snoopy ans Tageslicht.

Sieger und Verlierer

Am Montag in der Schule ist der Fall Janka und Rüdiger erst einmal Nebensache. Pünktlich zur ersten Stunde erscheint die Direktorin in der Klasse. Wie immer trägt sie ein strenges Kostüm und hat ihre Haare straff nach hinten gekämmt. Heute macht sie ein noch ernsteres Gesicht als sonst.

Schlagartig verstummen alle Gespräche, und es wird mucksmäuschenstill im Klassenzimmer.

„Guten Morgen, meine Lieben", beginnt die Direktorin und schaut die Schüler der Reihe nach durchdringend an. „Es ist leider unumgänglich, dass ich euch mit dem neuesten Stand der Dinge vertraut mache. Es geht um eine Angelegenheit, die man jedem gerne ersparen würde."

Warum die Direktorin immer so geschwollen reden muss, ist Coco ein Rätsel. Wenn sie nur eine Spur lockerer wäre, könnte man sie sogar nett finden.

„Letzten Donnerstag hat Herr Wiegand einen tragischen Verlust erlitten", fügt sie mit leiser Stimme hinzu. „Sein Sohn ist bei einem Verkehrsunfall ums Leben gekommen."

Ein Raunen geht durch die Klasse, und einige Schüler schauen einander bestürzt an.

„Bis auf weiteres wird Herr Wiegand nicht in der

Lage sein, seinen Lehrerpflichten nachzukommen. Er hat vorläufig für sechs Wochen eine Beurlaubung beantragt, der ich selbstverständlich stattgegeben habe." Die Direktorin geht ein wenig auf und ab. „Eine Vertretung wurde bereits organisiert. Eigentlich wollte ich euch den jungen Referendar jetzt vorstellen, aber er hat heute Morgen angerufen, dass er erst ein wenig später kommen kann. Bis er eintrifft, erwarte ich von euch absolute Ruhe und auch weiterhin diszipliniertes Verhalten." Ein letzter strenger Blick, und die Direktorin verlässt das Klassenzimmer.

Erst einmal herrscht völlige Stille, dann aber geht es los.

„Ich wusste gar nicht, dass Rheumaschulter einen Sohn hat!"

„Wo hatte er den bloß die ganze Zeit versteckt?"

„Das gibt's nicht!"

„Ein Sohn!"

„Und wo ist die Mutter dazu?"

„Rheumaschulter ist doch gar nicht verheiratet." Das ist eindeutig Rosalynns Kommentar.

„Na und? Ist ja auch nicht nötig", erwidert Micha. „Seit wann bist du so naiv?"

„Welche Frau würde sich schon für so einen wie Rheumaschulter interessieren?"

„Stille Wasser sind tief", wirft Piet ein.

„Also, ich finde ihn furchtbar langweilig."

„Mich wundert diese Neuigkeit gar nicht." Lea

verschafft sich Gehör. „Ich hab mir immer schon gedacht, dass Rheumaschulter was zu verbergen hat. So viel Korrektheit ist einfach unnatürlich."

„Das musste ja kommen!" Ute schnellt aufgeregt von ihrem Stuhl hoch. „Auf deinen gehässigen Kommentar haben wir schon richtig gewartet. Was zu verbergen, pah! Seit wann muss er uns erzählen, dass er ein Kind hat? Vielleicht ist der Mann schlicht und einfach geschieden, und der Sohn lebte bei seiner Mutter."

Ute setzt sich für Rheumaschulter ein! Das ist so ungewöhnlich, dass Coco nun doch grinsen muss und ihre Beklemmung ein wenig nachlässt. Laila hingegen sitzt immer noch wie erstarrt da und sagt keinen Ton. Bestimmt hat die Nachricht sie wieder an ihre eigene Familientragödie erinnert.

Während Coco noch überlegt, wie sie Laila trösten kann, wird die Diskussion dadurch unterbrochen, dass der junge Referendar mit großen Schritten und flatterndem Haar zur Tür hereinkommt.

Er wirft seine Tasche aufs Pult und lehnt sich lässig dagegen.

„Sieger!", stellt er sich vor.

„Verlierer!", kontert Hansi prompt mit Grabesstimme.

Der Referendar nimmt ihn sofort ins Visier. „Das wollen wir nicht hoffen, dass du ein Verlierer bist. – Aber lasst uns das Thema einmal aufgreifen. Was macht einen Menschen überhaupt zum Verlierer?

In den Geschichtsbüchern scheint es ja nur so von Siegern zu wimmeln, und doch sind uns auch einige berühmte Verlierer überliefert. Wer kann mir einen nennen?"

Sein Blick streift Coco, und die bekommt einen gewaltigen Schrecken. Hoffentlich ist dieser Referendar nicht einer von denen, die einen gnadenlos herauspicken und dann bloßstellen. Erleichtert stellt sie aber fest, dass seine Augen weiterwandern.

„Na, wie ist es?" Er tigert vor den Bankreihen auf und ab, ohne seine Aufmerksamkeit von der Klasse abzuwenden.

„Nero!", ertönt es plötzlich in die Stille.

Coco fallen fast die Augen aus dem Kopf. Die Antwort kam von Rüdiger. Er hat sich freiwillig, ohne Zwang und massive Strafandrohungen, im Unterricht zu Wort gemeldet! Auch wenn er schon immer ziemlich gut in Geschichte war - mündlich hat er noch nie mitgemacht. Durch seine schriftlichen Leistungen konnte er sein hartnäckiges Schweigen aufwiegen.

„Aha!" Referendar Sieger fixiert Rüdiger aufmerksam. „Inwiefern? Erkläre uns das bitte näher."

Rüdiger bekommt rote Ohren und bleibt stumm.

Da lässt ihn der Sieger in Ruhe und wendet sich der ganzen Klasse zu, was Coco sehr anständig findet. Nicht alle Lehrer verzichten auf eine so gute Gelegenheit, einen Schüler erbarmungslos zu quälen.

„Wie hat euer Klassenkamerad das wohl gemeint?" Der Sieger bleibt genau vor Lailas Platz stehen.

„Wahrscheinlich hat er Sie nur ärgern wollen", vermutet Hansi.

„Das glaube ich nicht. Dieser Junge dort sieht mir danach aus, als würde er nie etwas sagen, was er nicht genau so meint. Außerdem scheint er auch klug zu sein und ahnt, dass er bei mir mit Unsinn nicht landen kann. Also, kurz und gut, was wisst ihr von Nero?"

O Mann, denkt Coco, der geht aber ran. Ihr fällt zu Nero rein gar nichts ein, aber das behält sie lieber für sich.

„Er war ein sehr mächtiger römischer Kaiser", antwortet Rosalynn brav.

„Aha! Macht ihn das zu einem Verlierer? Das hört sich doch eigentlich mehr nach einem Siegertyp an."

Offensichtlich hat keiner in der Klasse auch nur einen blassen Schimmer. Deshalb legt der Sieger los und gibt ihnen allen eine ausführliche Lektion in Sachen Nero, wer er war, wann er lebte, was er tat und so weiter.

Die spannende Art, wie der Sieger erzählt, hält die ganze Klasse in Atem. Sogar Lea hat die Stöpsel ihres Walkmans aus den Ohren genommen und hört zu. „Warum also meint euer Klassenkamerad, Nero sei ein Verlierer?"

Der Mann ist wirklich hartnäckig, stellt Coco bewundernd fest.

„Er hat Selbstmord begangen", knurrt Rüdiger plötzlich und fällt dann wieder in Schweigen.

„Aha! Das ist interessant. Wieso macht das jemanden gleich zu einem Verlierer? Weil er Schwäche zeigt und aufgibt? Oder weil er so etwas nur tut, wenn er glaubt, alles verloren zu haben? Wer in der Geschichte hat noch Selbstmord begangen?"

Gerade als Piet zaghaft die Hand heben will, klingelt es zum Unterrichtsende.

Der Sieger schnappt sich seine Tasche.

„Nun sind wir der Zeit und dem Stoff etwas vorausgeeilt. In der nächsten Stunde werde ich dort weitermachen, wo mein Kollege aufgehört hat. Als Hausaufgabe beantwortet ihr bitte die Fragen 6, 7 und 8 auf Seite 87."

Und damit rauscht er aus dem Klassenzimmer.

„Uff!", stöhnt Janka. „Und ich hatte gehofft, der Typ würde die Sache lockerer angehen."

„Sehr dynamisch, der Bursche", meint Hansi anerkennend. „Immerhin hat er bitte gesagt."

„Ach, glaubst du, deshalb könnten wir jetzt ‚Nein, danke!' sagen?", spottet Janka, wird aber dann von einem Papierflieger abgelenkt, der haarscharf an ihrer Nase vorbeisaust und Kurs auf Lea nimmt.

Wenn Coco nicht alles täuscht, hat Rüdiger den abgeschossen. Und während dann die meisten zu Lea schauen, die einen ihrer Wutanfälle inszeniert, sieht Coco, wie sich Janka kurz zu Rüdiger hinüberbeugt und einen zusammengefalteten Zettel in Empfang nimmt. Das ging so schnell, dass es kaum auffiel.

Coco schaut zu Hansi, der ihr verschwörerisch zuzwinkert. Also hat er es auch mitbekommen. Die beiden werden sie in Zukunft noch besser im Auge behalten müssen!

Die ertrunkene Meerjungfrau

Coco versucht sich auf ihre Musikhausaufgabe zu konzentrieren. Das ist gar nicht so einfach. Zum einen findet sie den Stoff ziemlich trocken, zum anderen geht ihr Oma auf die Nerven, die sich natürlich sofort wieder eingemischt hat. Als sie hörte, dass Cocos Klasse im Moment den Aufbau eines Orchesters durchnimmt und Grundbegriffe zu Sinfonien, Ouvertüren und Streichquartetten lernt, hat sie sofort ihre Lieblings-CD von Mozart aufgelegt, auf der ein Streichquartett zu hören ist. Leider wird der Stoff dadurch kein bisschen interessanter. Coco hat nur das zusätzliche Problem, gegen die Geräuschkulisse andenken zu müssen, die durch Omas begeistertes Mitsummen obendrein verstärkt wird.

„Heute ist ein Darnubi-freier Nachmittag", verkündet Coco plötzlich in eine zarte Pianostelle hinein.

Oma schreckt aus ihrer Verzückung auf. „Das klingt aber nicht besonders freundlich. Was meinst du damit?"

„Ist nicht böse gemeint", sagt Coco beschwichtigend. „Es fiel mir nur gerade auf. Nubi und Laila haben von uns genauso Pause wie wir von ihnen."

„Hattest du so eine Pause etwa nötig?", fragt Oma verwundert.

Coco braucht keinen Augenblick nachzudenken.

„Nö, im Gegenteil. Wenn ich bei Laila Hausaufgaben gemacht hätte, wäre mir diese Jammermusik hier erspart geblieben."

„Kind, Kind", tadelt Oma, halb ernst, halb lächelnd. „Dabei haben wir uns nach Kräften bemüht, dir ein wenig Sinn für Kultur nahe zu bringen."

„Sinn für Kultur!", wiederholt Coco lachend. „Bei dem ägyptischen Treff, wo die Darnubis jetzt sind, wird bestimmt tolle Bauchtanzmusik gespielt." Coco seufzt.

„Was manche sicher eher mit ‚Jammermusik' bezeichnen würden als Mozarts Streichquartett", entgegnet Oma.

„Aha!" Coco schaut sie triumphierend an. „Habe ich da endlich etwas entdeckt, wo du nicht mit deinem verehrten Muzaffar einer Meinung bist?"

„Wir müssen doch nicht den gleichen Musikgeschmack haben, um einander zu mögen", verteidigt sich Oma. „Ich mag dich ja auch, obwohl du dir abends oft dieses Genöle anhörst."

Coco kichert. Omas Wortschatz ist manchmal eine wahre Fundgrube. Was meint sie wohl mit Genöle?

Um halb drei stellt sich Coco ans Fenster, um Janka beim Zeitungaustragen abzupassen. Als Janka auftaucht, rennt Coco zur Tür und geht ihr vorm Haus entgegen.

„Hi, Coco, du siehst aber fertig aus."

„Kein Wunder!" Coco nimmt Janka die Zeitung

ab. „Ich hab gerade die Musikhausaufgaben gemacht, und Oma hat mich dabei mit Mozartklängen gequält."

Janka lacht. „Meine Mutter kann Klassik nicht ausstehen."

„Du Glückliche!"

„Eigentlich nicht. Sie steht auf Rockmusik der Siebzigerjahre, und das in voller Lautstärke. Ich glaube, da wäre mir Mozart lieber."

„Sag mal ..." Coco druckst etwas herum. „Gibst du neuerdings Rüdiger Nachhilfe?"

Janka starrt sie mit gerunzelter Stirn an. „Wer hat dir denn das erzählt?"

„Niemand", beeilt sich Coco zu erklären. „Hansi und ich, wir haben euch gestern unter der Brücke gesehen. Ihr wart gemeinsam in ein Buch vertieft."

„Habt ihr das jemandem erzählt?"

„Nur Laila. Warum? Ist euer Treffen ein Staatsgeheimnis?" Coco senkt bedeutungsvoll die Stimme. „War es vielleicht gar keine Nachhilfe? Gehört Rüdiger etwa zu einem Spionagering, und du bist seine Komplizin?"

„Quatsch!" Janka packt Coco am Arm und zieht sie in den Hausflur. „Nun sei nicht so blöd! Ich kann dir zwar jetzt noch nichts über die Sache sagen - ich habe absolutes Stillschweigen versprochen -, aber bitte tut mir den Gefallen und redet mit niemand anderem darüber. Es hat lange genug gedauert, bis Rüdiger mir vertraut hat. Wenn etwas rauskommt, wird er glauben, ich hätte ihn verraten, so misstrauisch, wie er ist."

„Schon gut, wir werden schweigen wie ein Grab, nein, wie ein ganzer Friedhof", versichert Coco ihr.

„Ich meine es ernst", sagt Janka eindringlich.

„Ich auch", beteuert Coco. „Obwohl ich zugeben muss, dass ich vor Neugier beinahe platze. Und Hansi wird sich sicher auch kaum halten können."

„Tut mir Leid, aber ich habe es versprochen. Und jetzt muss ich weiter." Janka schultert wieder ihre Zeitungstasche. „Ich verlass mich auf euch."

Coco nickt und schaut ihr nachdenklich hinterher. Als sie Oma die Zeitung überreichen will, fällt ihr Blick auf eine Todesanzeige auf der letzten Seite:

Jan Karl Wiegand

Typisch Rheumaschulter!, denkt Coco. Seinem Sohn auch noch den Namen Karl zu verpassen. Dann aber muss sie ziemlich schlucken, als sie den kurzen Text dazu liest:

Mein geliebter Sohn hat diese Welt
verlassen. In meinem Herzen aber
wird er immer leben.
Karl Wiegand

So viel Gefühl hat sie dem Mann gar nicht zugetraut.

Oma schaut Coco über die Schulter. „Ist das der Sohn deines Lehrers, von dem du erzählt hast?"

„Hm."

„Der war in deinem Alter."

„Ja." Coco starrt verwundert auf das Geburtsdatum. „Der hätte glatt bei uns in der Klasse sein können."

„Außer dem Vater sind in der Anzeige keine Angehörigen erwähnt." Oma kneift die Augen zusammen, um das Kleingedruckte am unteren Rand zu lesen. „Die Beerdigung fand in aller Stille statt. Ein Friedhof ist nicht genannt, merkwürdig."

„Rheumaschulter war schon immer sonderbar", meint Coco und überlässt Oma die Zeitung.

Als sie nach oben geht, bleibt sie vor Mams Zimmer stehen. Die Tür ist nur angelehnt, und der blumige Duft von Mams Parfüm erfüllt den Flur.

Ob Mam auch so etwas Ähnliches in die Anzeige setzen würde, wenn ich gestorben wäre?, fährt es Coco durch den Kopf.

Sie öffnet langsam die Tür und betritt Mams Zimmer. Das Bett ist nicht gemacht und sieht ziemlich unordentlich aus. Mam kriecht (sehr zu Omas Missfallen) morgens einfach unter der Decke hervor und abends wieder in dieselbe Höhlung hinein. Doch trotz Mams Hang zum Chaos wirkt das Zimmer nicht ungemütlich durcheinander, eher künstlerisch unordentlich. Ein alter, abgebeizter Schreibtisch steht vor dem Fenster, daneben eine Musikanlage und eine angeschlagene Schneiderbüste, über die Mam ihr Tanzkleid drapiert hat. Eine Ecke des Raums ist mit Bambusrollos abgeteilt. Das ist Mams begehbarer Kleiderschrank mit Regalen und Kleiderstangen (dahinein darf man aber wirklich nicht schauen, sonst überfällt einen das kalte Grausen!).

Das Besondere an Mams Zimmer sind jedoch die Fotos. Alle in Schwarzweiß, die meisten in grober Körnung und sehr geheimnisvoll. Und mit Erstaunen sieht Coco, dass in den letzten Tagen eine ganze Reihe neuer Fotos hinzugekommen sind. Auf jedem von ihnen ist Nubi zu sehen. Sein Gesicht, seine Gestalt im Regen auf einer Brücke, mehrere Studien seiner Hände und immer wieder dieser forschende, manchmal leicht belustigte, manchmal leicht traurige, aber sehr intensive Blick.

Wenn es Coco noch nicht klar gewesen wäre, dass die beiden sich sehr viel bedeuten, spätestens jetzt hätte sie es bemerkt.

Mam hat es tatsächlich hingekriegt, aus Nubis Gesicht ein schönes Porträt zu machen, trotz seiner dicken Gurkennase!

Plötzlich fühlt Coco sich wie ein Eindringling und verzieht sich schnell in ihr Zimmer. Sie stellt das Radio auf ihren Lieblingssender und wirft sich aufs Bett.

Mams Ankunft um halb fünf ist nicht zu überhören. Sie summt schon vor der Tür eine Melodie vor sich hin, und von Müdigkeit nach einem stressigen Arbeitstag kann nicht die Rede sein.

Laute freudige Ausrufe locken Coco schließlich nach unten. Und da stehen Oma und Mam im Wohnzimmer und bestaunen begeistert ein schreckliches Ungetüm von Kleid aus durchsichtigem, himmelblauem Tüll, das über der Sofalehne hängt.

„Wo kommt das denn her?" Cocos Gesicht sieht man deutlich an, wie abscheulich sie das gute Stück findet, aber Mam fallen solche Feinheiten im Moment nicht auf.

„Ist es nicht ein Traum? So zart und duftig!" Mam fährt liebevoll mit der Hand über den Stoff.

„Und die schöne Stickerei am Kragen!", lobt Oma.

„An den Ärmeln ist Spitze eingelassen."

„Wirklich traumhaft!" Oma hält Mam das Kleid vor den Körper.

Eher ein Albtraum!, findet Coco. Zum Glück für Mam hat es ihr immer noch die Sprache verschlagen.

„Zieh es mal an", fordert Oma Mam auf.

„So verschwitzt wie ich bin?"

„Wieso schwitzt du? Es ist doch gar nicht so warm", erwidert Oma.

„Vor Aufregung!" Mam gibt einen absolut untypischen Juchzer von sich. „Ach, du glaubst ja gar nicht, wie süß das von ihm ist! Gerade heute, wo wir das erste Mal für einen ganzen Tag voneinander getrennt sind, liegt dieses Paket auf dem Autositz. Und er hatte doch gar keinen Schlüssel von meinem Auto. Das muss er gestern Abend beim Abschied noch irgendwie hineingeschmuggelt haben. Und der ganze Aufwand nur um mich zu überraschen. Ist das nicht lieb?" Mam lässt sich mit einem glücklichen Seufzer aufs Sofa fallen.

Coco schüttelt den Kopf und schaut Oma an. Die zwinkert ihr zu.

„Wartet hier!" Mam springt wieder auf. „Ich dusche nur schnell, und dann führe ich euch dieses fantastische Kleid vor."

„Na wunderbar!", murmelt Coco, als Mam samt Ungetüm verschwunden ist. „Das ist wohl die Überraschung, die Nubi Laila und mir nicht verraten wollte."

„Ich glaube, das Essen muss noch ein Weilchen warten." Mit verträumtem Gesichtsausdruck geht Oma in die Küche. „Muzaffar ist wirklich ein besonderer Mann. In Augenblicken wie diesen erinnert er mich stark an meinen Alois."

„Wieso? Soweit ich weiß, war Opa kein bisschen romantisch", widerspricht Coco.

„Oh, früher schon. Als ich als junges Mädchen regelmäßig in dem Restaurant zu Mittag gegessen habe, in dem er als Koch arbeitete, stand jeden Tag eine Blume auf meinem Tisch." Oma fährt völlig in Gedanken immer wieder über die schon längst saubere Küchenplatte. „Es dauerte eine ganze Weile, bevor mir auffiel, dass das nur an meinem Tisch so war. Und als ich dann eines Tages nach dem Essen von draußen verstohlen durchs Fenster schaute, sah ich, wie der hübsche junge Mann mit der Kochmütze schnell die Vase von meinem Tisch wieder verschwinden ließ."

„Das hast du mir noch nie erzählt!", ruft Coco erstaunt aus.

„Das habe ich schon oft erzählt. Du hast nur nicht richtig zugehört. Na ja, vielleicht hab ich es auch nicht genau so erzählt", lenkt Oma ein. „Das ist schließlich nichts für junge Ohren. Auf jeden Fall war mir die Sache so peinlich, dass ich mich drei Tage lang nicht mehr in das Restaurant getraut habe."

„Und danach?"

„Danach kam Alois höchstpersönlich an meinen Tisch und fragte mich besorgt, ob ich krank gewesen sei", erzählt Oma weiter. „Er war hochrot im Gesicht, seine Hände zitterten vor Aufregung, und er hatte einen Frosch im Hals. Und statt ihm aus der Verlegenheit zu helfen, starrte ich dummes junges Ding ihn nur stumm an."

„Opa hat eure erste Begegnung aber immer ganz anders beschrieben." Coco lacht vor sich hin. „War da nicht irgendwas mit einem Ball, einem schwarzen Smoking und einer verrutschten Fliege, die du ihm gerade gerückt hast?"

„Ja, ja, es kommt eben darauf an, was man als die eigentliche erste Begegnung ansieht", verteidigt

Oma ihren Alois. „Wenn er sich lieber an dieses Treffen erinnern wollte, werde ich die Letzte sein, die ..."

„Na, was sagt ihr dazu?"

Mam tänzelt ins Zimmer und dreht sich hin und her wie ein Model.

„Pass auf, Kind!", ruft Oma, als sich der Absatz von Mams hohen Stöckelschuhen kurz im Kleidersaum verfängt und sie beinahe zum Stürzen gebracht hätte. „Ich dachte, du ziehst diese hochhackigen Dinger Muzaffar zuliebe nicht mehr an."

Coco bleibt bei Mams Anblick der Mund offen stehen.

„Ein Märchen! Ein wahrer Traum!" Oma klatscht begeistert in die Hände. „Unbeschreiblich schön!"

Unbeschreiblich ist gut, stimmt Coco ihr in Gedanken zu.

„Wie bei einer Prinzessin!" Oma kriegt sich gar nicht mehr ein.

„Du siehst aus wie eine ertrunkene Meerjungfrau", platzt Coco plötzlich heraus.

„Hör nicht auf sie!", sagt Oma zu ihrer Tochter und wirft Coco einen strengen Blick zu. „Das Kind hatte noch nie einen guten Geschmack. Aber Muzaffar ist in dieser Hinsicht vorbildlich. Wie die Blautöne das Blond deiner Haare hervorheben ..."

Oma gibt eine Reihe der typischen Floskeln von sich, mit denen Innenarchitekten ihre Kunden einseifen. Das hat sie noch von ihrer früheren Arbeit.

„Schade, dass Laila nicht hier ist", meint Coco. „Die fände das Kleid sicher viel zu fad."

Lailas Vorliebe für schreiende Farben war mit ein Grund, dass sie anfangs in der Klasse eine Außenseiterin blieb. Obwohl die Farben der Kleidung ja eigentlich nichts damit zu tun haben, ob jemand nett ist oder nicht. Aber irgendwie fanden es die meisten peinlich, dass Laila ständig diese bunten Kleider trug, die in ihrer Art so ähnlich waren wie das, was Mam jetzt anhat.

„Laila findet es genau richtig für mich", widerspricht Mam.

„Woher weißt du das?", fragt Coco erstaunt.

„Hier, lies! Die Karte lag dabei." Mam reicht Coco einen großen Umschlag.

Auf der inliegenden Karte schwebt ein Engel in hellem Gewand durch einen Sternenhimmel. Wie passend! Und dann noch die Anrede! Coco stöhnt laut auf, bevor sie vorliest:

„Bille, mein Engel! Um dir den Trennungsschmerz zu versüßen, ein kleines Geschenk und gleichzeitig ein Dankeschön für all die schönen Stunden bisher. Laila meint, die Farben seien genau richtig für dich, so sanft und fließend und doch eine Spur temperamentvoll. Ich freue mich schon auf morgen Abend. Dein Nu - na gut, dein Mütze!!!"

Coco starrt Mam an. „Mütze? Was soll denn das?"

„Nur ein kleiner Scherz", winkt Mam ab.

„Das musst du uns aber jetzt erklären, Bille, das

interessiert mich auch." Oma kommt Coco zu Hilfe.

„Seht ihr, genau darum geht es ja. Hier zu Hause werde ich, schon seit ich denken kann, mit diesem blöden ‚Bille' gequält. Und als Nubi ebenfalls damit anfing ..."

„Du nennst ihn doch auch Nubi?", wirft Coco ein.

„Ja glaubst du, ich will mir ständig die Zunge mit seinem Vornamen abbrechen? Und Nubi gefällt sein Spitzname, im Gegensatz zu mir. Also, ich habe ihm gedroht, wenn er mich weiterhin Bille nennt, werde ich zur Strafe Mütze zu ihm sagen. Er hat natürlich trotzdem nicht aufgehört, Bille zu sagen. Er findet den Namen süß." Mam verzieht das Gesicht. „So, jetzt wisst ihr's. Und wenn er nicht nachgibt, muss er künftig mit dem Namen Mütze leben."

Coco grinst.

„Was ist nur mit unserer Familie los?" Oma seufzt. „Ich glaube kaum, dass andere Leute sich so oft über etwas so Unwichtiges wie Vornamen Gedanken machen wie gewisse Collmanns."

„Also, zumindest was die Namensgebung anbetrifft, werde ich beim nächsten Kind nicht wieder denselben Fehler machen wie bei Coco", sagt Mam in bestimmtem Tonfall. „Da werd ich von vornherein was Pfiffigeres wählen als Corinna."

Und diesmal ist es Oma, der der Mund vor Verwunderung offen stehen bleibt.

„Beim nächsten Kind? Bist du ... ich meine, habt ihr ...?", stammelt sie nach einer Schrecksekunde.

„Nein, nein, keine Sorge, Mutter", beruhigt Mam sie. „Das war nur theoretisch gemeint."

„Oh, wir wären gar nicht böse, was Coco?"

Mam schwanger? Das hätte gerade noch gefehlt!, denkt Coco und verzieht sich in die Küche.

Es tut sich was

Am Dienstag wartet Coco vergeblich auf „Dschamila", ihr allmorgendliches privates Schultaxi mit Nubi als Chauffeur. Mam ruft bei den Darnubis an, kann aber niemanden erreichen. Also macht Coco sich auf den Weg zur Bushaltestelle. Sie erwischt gerade noch den Bus und schafft es knapp, zur ersten Stunde pünktlich zu sein.

Und dann wird ihr und der ganzen Klasse erschreckend klar, dass sie in nächster Zeit wohl häufiger mit dem dynamischen jungen Referendar zu tun haben werden. Denn wie sich herausstellt, wird der Sieger als Vollvertretung für Rheumaschulter eingesetzt, er lehrt ebenfalls beide Fächer: Geschichte und Deutsch.

Janka kann ein Stöhnen nicht unterdrücken, als der Referendar mit festen Schritten ins Klassenzimmer braust, und damit hat sie natürlich gleich auf sich aufmerksam gemacht.

„Was gibt's zu jammern?" Er fasst Janka ins Auge. „Sag mir lieber, in welcher Epoche der deutschen Literatur Gedichte geschrieben wurden, in denen viel Jammern und Wehklagen vorkam."

„In der Romantik", wirft Hansi naseweis ein.

„Sehr gut, Junge." Der Sieger nickt ihm beifällig zu. „Und woran liegt das?"

„Weil es da viel um unglückliche Liebe, schreckliche Sehnsucht und so'n Zeug ging", fügt Hansi noch hinzu.

„Aha! Deine Wortwahl zeigt mir, dass du dich anscheinend noch nie verliebt hast. Aber deine Kameradin hier hat vielleicht schon ihre Erfahrungen in Herzensangelegenheiten gemacht. Es wird ja behauptet, Mädchen hätten früher einen Zugang dazu. Welche Art Literatur verdankt ihren Erfolg dem menschlichen Bedürfnis nach Liebe?"

Der Sieger stellt eine Frage nach der anderen und hüpft begeistert vor der Klasse herum. So viel Energie wirkt ansteckend. Keiner gähnt mehr gelangweilt oder räkelt sich müde. Der Sieger bringt sogar diejenigen zum Reden, die die letzten Monate in Deutsch noch kein einziges Mal den Mund aufgemacht haben.

Und wenn er ihnen am Ende der Doppelstunde nicht so eine saftige Hausaufgabe aufgebrummt hätte, wären sich alle einig gewesen: Der Mann bringt's!

„Ich mag den Sieger", verkündet Hansi mit vollem Mund, als er, sein Schulbrot und Coco sich gemeinsam durch die Tür zum Schulhof quetschen.

„Kein Wunder! Er lobt dich ja auch ständig. Das ist ein eindeutiger Fall von Bevorzugung", sagt Coco vorwurfsvoll.

„Nicht deshalb - obwohl es wirklich schön ist, dass meine Qualitäten endlich mal erkannt worden sind."

Hansi lacht. „Ich meinte aber, weil er Leben in die Bude bringt."

„He, Laila, was war heute Morgen los mit euch?" Coco winkt Laila zu, die gerade von der Straße durchs Schultor gehastet kommt. „Ich hab den Bus nehmen müssen. Mam war schon ganz aufgelöst vor Sorge, weil bei euch keiner ans Telefon ging."

„Es ist gestern spät geworden, da haben wir bei Bekannten übernachtet", erklärt Laila atemlos. „Und eben war die Zufahrtstraße zur Stadt völlig verstopft. Der normale Morgenstau plus Unfall. Wir haben die ganze Zeit in dieser engen Blechkiste gehockt. Mir ist immer noch schlecht davon. Hab ich was Wichtiges verpasst?"

„Das Wichtigste überhaupt", sagt Hansi. „Herr Sieger hat uns heute in Deutsch was über die Liebe erzählt, weil Janka bei seinem Anblick ins Stöhnen geriet."

„Hat sich Janka etwa in ihn verliebt?" Laila kichert.

„Nö, sie war nur so entsetzt, dass wir ihn auch in Deutsch haben", stellt Coco richtig.

„Toll, ich mag den Mann", sagt Laila und hakt sich bei Coco ein. „Was sagst du eigentlich zu Babas Überraschung gestern?"

Coco schaut sie genervt an. „Kein Kommentar!"

Laila bricht in lautes Lachen aus.

„Außerdem war dieses Unterseekleid nicht die einzige Überraschung gestern", fügt Coco hinzu.

Und während sie mit Laila und Hansi in Richtung

Musikraum schlendert, erzählt sie ihnen von der merkwürdigen Todesanzeige und von Jankas Heimlichtuerei. „Sie möchte, dass wir niemandem erzählen, dass wir sie und Rüdiger unter der Brücke gesehen haben."

„Ich werd schon nicht über die Sache klatschen – mit wem auch? Aber warum macht sie aus so was Harmlosem wie ein bisschen Nachhilfe ein Geheimnis? Nur weil es Rüdiger vielleicht peinlich ist? Oder weil er nicht mit einem Mädchen gesehen werden will?" Hansi runzelt die Stirn. „Vielleicht ist es ja doch keine Nachhilfe. Also, das alles macht mich richtig neugierig."

„Ja, mich auch." Coco senkt die Stimme. „Am liebsten würde ich Janka und Rüdiger Tag und Nacht beschatten, wie in den Detektivgeschichten."

„Davon hast du wohl zu viele gelesen", stichelt Hansi.

„Ich finde Beschatten schäbig", wirft Laila ein. „Wenn Janka noch nicht mal darüber reden will, sollten wir sie in Ruhe lassen."

„Bist du denn kein bisschen neugierig?", fragt Coco aufgeregt. „Rüdiger fand ich schon immer merkwürdig, und ich wüsste gerne, warum er plötzlich jemanden aus unserer Klasse näher an sich heranlässt. Und warum gerade Janka? Das schadet doch seinem sorgfältig gepflegten Image als Einzelgänger."

Laila schaut Coco spöttisch von der Seite an. „Ich

kann mir richtig vorstellen, wie es in deinem Kopf rund geht. Du siehst die beiden wilde Pläne aushecken und in irgendwelchen dunklen Scheunen Sprengkörper zusammenbasteln oder den Lageplan eines Labors studieren, aus dem sie später gequälte Versuchskaninchen befreien wollen."

„Das ist genial!" Hansi klopft Laila begeistert auf die Schulter. „Auf die Idee wäre ich gar nicht gekommen - mit den Tieren, meine ich. Das passt sogar zu Janka."

„Aber nicht zu Rüdiger", hält Coco dagegen. „Der schlägt doch ständig arme Fliegen im Klassenzimmer tot."

„Ich glaub ja auch nicht, dass das stimmt", entgegnet Hansi. „Aber Lailas Fantasie ist toll, findest du nicht?"

Laila wird vor Freude über dieses Lob ganz rot im Gesicht. „Mal was anderes", sagt sie dann leise. „Was haltet ihr von Herrn Wiegands Todesanzeige? Die berührt mich irgendwie. Ich würde in den nächsten Tagen gerne mal auf den Friedhof gehen und das Grab seines Sohnes besuchen. Ich weiß selbst nicht, warum."

Coco und Hansi schauen sich unsicher an.

„Ihr braucht ja nicht mitzukommen, wenn ihr nicht mögt", fügt Laila schnell hinzu.

„Das Mitkommen ist kein Problem", sagt Hansi. „Aber ich versteh nicht, was du davon hast."

Laila zuckt mit den Schultern. „Keine Ahnung. Ich

hab den Jungen zwar nie gesehen, aber er tut mir einfach Leid."

„Und Rheumaschulter auch, nehme ich an", ergänzt Coco, und Laila nickt.

„Aber wir wissen ja gar nicht, auf welchem Friedhof er begraben liegt", wendet Hansi ein.

„Dann klappern wir einfach die beiden hier in der Nähe ab, und wenn er da nicht liegt, sehen wir weiter", schlägt Coco vor, weil sie merkt, dass es Laila wirklich wichtig ist.

Oma geht mindestens einmal die Woche auf den Friedhof zu Opas Grab, pflegt die Blumen und redet ein bisschen mit ihrem Alois. Laila aber kann nicht so einfach zu dem Grab ihrer Mutter und ihres Bruders gehen. Vielleicht ist ihr die Sache deshalb so nahe gegangen, überlegt Coco und setzt sich auf ihren Stammplatz im Musikraum.

Piet sitzt am Klavier und klimpert was Klassisches, bis Micha ihn laut protestierend fortzieht. Man muss es ja wirklich nicht übertreiben!

Die öde Musikstunde nimmt aber dann eine - zumindest für Coco, Laila und Hansi - erstaunlich spannende Wendung, als nämlich Rüdiger erwischt wird, wie er unter der Bank ein Buch liest. Das allein ist schon ein Wunder. Zwar schmökern viele heimlich Comics, wenn die Musikstunde kein Ende nehmen will, aber nicht Rüdiger.

Noch erstaunlicher ist, *was* da unter seiner Bank zum Vorschein kommt: nicht etwa irgendein Heftchen, sondern ein englischer Roman - in Originalsprache!

Coco fallen beinahe die Augen aus dem Kopf. Aber noch bemerkenswerter findet sie, dass Janka plötzlich knallrot wird und Rüdiger einen eindeutig schuldbewussten Blick zuwirft.

Sie hat ihm das Buch gegeben! Das ist Coco plötzlich ganz klar. Also doch Nachhilfe. Und gleichzeitig hört sie hinter sich Hansi halblaut murmeln: „Von wegen Sprengkörper und Versuchskaninchen!"

Und wie so oft wird Hansi auch jetzt wegen seiner vorwitzigen Bemerkungen zur Strafe drangenommen und muss ein paar kniffige Fragen zu Sinfonien beantworten, obwohl sicher niemand sein Murmeln verstanden hat.

Nachdem Coco in der letzten Stunde ein Briefchen bekommen hat, in dem Janka sie bittet, nach der Schule noch kurz etwas mit ihr zu besprechen, sitzt sie wie auf heißen Kohlen und kann es kaum erwarten, dass die Schulglocke läutet.

Als alle aus dem Physikraum draußen sind und auch der Böhmer seine Siebensachen gepackt und das Zimmer verlassen hat, bleiben nur noch Janka und Coco zurück. Laila wartet an der Tür auf Coco, und Hansi steht neugierig daneben.

„Kannst du mir einen Gefallen tun?", beginnt Janka, und Coco erwidert ungeduldig: „Klar, sag schon!"

„Es ist nichts Dramatisches. Es geht nur um Folgendes: Meine Mutter hat heute Nachmittag um halb vier einen Arzttermin, den sie nicht verschieben kann. Bis dahin bin ich aber noch nicht mit dem Zeitungaustragen fertig, und irgendjemand muss auf meine Geschwister aufpassen." Janka macht ein verzweifeltes Gesicht. „Normalerweise hilft unsere Nachbarin in solchen Fällen aus, aber die hat Grippe. Und einen Babysitter können wir uns nicht leisten."

Janka hat fünf Geschwister, und es ist kein Geheimnis, dass die Familie immer knapp bei Kasse ist, obwohl beide Eltern arbeiten.

„Oh, soll ich für euch Babysitten?", fragt Laila, die mit Hansi näher gekommen ist. Die Begeisterung in ihrer Stimme ist nicht zu überhören.

„Ich hab auch Zeit", fügt Hansi hinzu, bevor Coco überhaupt etwas sagen kann.

„Nein, so meinte ich das nicht." Janka lacht. „Die Meute kann man eigentlich keinem zumuten, der so viele Kinder nicht gewöhnt ist. Ich dachte nur, dass Coco mir vielleicht beim Zeitungaustragen helfen könnte, damit ich rechtzeitig fertig werde und meine Mutter zu Hause ablösen kann. Wenn es stattdessen einer von euch macht, wäre das natürlich auch nett."

„Klar helfe ich dir, kein Problem", sagt Coco.

„Wir helfen alle, dann bist du im Nu fertig", schlägt Hansi vor, und Laila nickt zustimmend.

„Toll, danke!" Janka klopft Coco auf die Schulter

und strahlt die anderen an. „Auf euch kann man sich ja richtig verlassen."

„Wir treffen uns dann nach dem Mittagessen, einverstanden?" Coco schaut auf Lailas Armbanduhr, die immer richtig geht. „Um halb zwei am Anfang unserer Straße, okay?"

„Okay, dann fang ich heute mal mit dem Ende meiner täglichen Runde an. - Und überlegt euch schon mal, wie ich mich demnächst für eure Hilfe revanchieren kann", sagt Janka zum Abschied.

„Da wüsste ich schon was", murmelt Hansi, als Janka zu ihrem Bus rennt.

„Ja, sie könnte uns ruhig erzählen, warum sie sich heimlich mit Rüdiger trifft. Durch die Sache mit dem Buch eben ist es sowieso mehr oder weniger rausgekommen", meint Coco.

Nachdenklich gehen sie und Laila zur Straße, wo Nubi bereits auf sie wartet.

Jede Menge Klatsch

Coco steht als Erste am Treffpunkt und kann sich ein Lachen nicht verkneifen, als Laila und Hansi auftauchen. Sie kommen zwar aus entgegengesetzten Richtungen, sind aber im Partnerlook gekleidet.

„He, das hast du extra gemacht", protestiert Hansi und zeigt empört auf Lailas Windjacke. „Du kopierst einfach den original Hansi-Bauer-Stil."

„Und seit wann trägst du Turnschuhe für Mädchen?", gibt Laila lachend zurück und zeigt gespielt entrüstet auf seine Füße.

„Das sind Leichtlaufschuhe für jedermann", sagt Hansi mit überheblichem Tonfall. „Sobald Janka mit den Zeitungen hier ist, werde ich euch zeigen, wie ein wahrer Profi damit umgeht."

„Ich bin bestimmt schneller als du", stichelt Laila. „Du trainierst doch immer nur auf deinem Fahrrad."

„Und du in Papas Auto", gibt Hansi prompt zurück.

Coco schaut verwundert von einem zum anderen. Was ist mit den beiden los? Laila ist heute so abenteuerlustig, und Hansi ganz aufgekratzt.

Auch Janka zieht fragend die Augenbrauen hoch, als die beiden ihr, kaum dass sie aufgetaucht ist, jeweils einen Packen Zeitungen entreißen und lossprinten.

„He, wartet mal, nicht so schnell!", ruft sie ihnen hinterher. „Erst noch ein paar Erklärungen."

„Denen hat jemand was ins Mittagessen getan", sagt Coco kopfschüttelnd.

„Sieht nach zu viel Pfeffer aus", stimmt Janka ihr zu.

Die „Erklärungen" bestehen aus einer Liste mit Namen und Hausnummern, denn nicht jeder Bewohner dieses Stadtviertels bekommt die Tageszeitung, die Janka austrägt. Und hinter manchen Namen stehen noch kleine Anmerkungen, wie „Vorsicht, Hund!" oder „Unfreundlich!" oder „Klatschmaul".

„Uff, da bin ich ja richtig froh, dass bei unserem Namen nichts in deiner Liste steht", meint Coco.

„Kann alles noch kommen." Janka zwinkert ihr zu, und die Arbeit beginnt.

Kurz vor der Reihenhaussiedlung bleibt Hansi plötzlich stehen und zieht eine Stoppuhr aus seiner Tasche.

„Komm, Laila, wir zeigen den beiden lahmen Enten jetzt mal, was ein echtes Wettrennen ist. Mal sehn, wer von uns beiden der bessere Läufer ist."

Laila nimmt die Herausforderung an, und Janka macht den Schiedsrichter.

„Ich bin hier scheinbar die Einzige, die die Arbeit ernst nimmt." Coco stöhnt.

„Nun sei kein Spielverderber", meint Janka lächelnd. „Du musst zugeben, auf diese Weise sind die beiden enorm schnell."

Und natürlich ist Coco über solche Albernheiten gar nicht so erhaben, wie sie tut, im Gegenteil. Sie findet das Rennen kolossal spannend und könnte sich kugeln vor Lachen, wie Laila und Hansi danach mehrere Straßen lang darüber diskutieren, ob die Voraussetzungen wirklich gerecht waren oder nicht. Hansi will einfach nicht glauben, dass Laila - die kleine, ruhige Laila! - schneller ist als er. Er hat sie ja bisher nie in Sport in Aktion gesehen, und dass sie eine so gute Kondition durch das Bauchtanzen besitzt, hat er wohl auch vergessen.

Auf jeden Fall sind sie alle vier völlig aus der Puste, als sie am Ende der Reihenhaussiedlung ankommen, wo das Viertel mit den Eigenheimen beginnt.

Hansi tut so, als ob er Laila freundschaftlich den Arm um die Schultern legt, in Wirklichkeit stützt er sich aber voll auf sie auf. Laila bringt vor Erschöpfung kaum ein Wort heraus, und Janka hat vom Hinterherhetzen Seitenstechen.

„Sagt mal, ist das da vorn nicht das Haus von Rheumaschulter?" Coco bleibt abrupt stehen, und Laila läuft ihr prompt in die Fersen. „Ich meine, das hätte mal jemand erzählt."

„Ja, da wohnt er", bestätigt Janka. „Wieso? Ist daran was Besonderes?"

„Im Wohnzimmer brennt Licht", flüstert Coco. „Am helllichten Tag."

„So hell ist es nicht. Soll er etwa im Dunkeln herumsitzen?", wispert Laila. „Um die Jahreszeit muss man jetzt schon das Licht einschalten. Und außerdem macht die Tanne neben dem Fenster alles dunkel."

„Ihr könnt ruhig laut sprechen", meint Hansi grinsend. „Auf die Entfernung hört er uns bestimmt nicht. Und woher willst du eigentlich wissen, dass da das Wohnzimmer ist, Coco?"

„Das Fenster sieht danach aus. Hier!" Sie drückt Laila die Zeitung in die Hand. „Bring du das lieber hin, ich nehme das Nachbarhaus."

Als Coco dort versucht, die Zeitung in den engen Briefkasten zu quetschen, geht plötzlich die Tür vor ihr auf.

„Du bist ja heute früh dran, Janka." Eine Frau mit kurzen grauen Löckchen steht in der Haustür. „Ach, du bist ja gar nicht Janka. Bist du eine Freundin? Janka ist doch wohl nicht krank? Es scheint wieder mal eine Grippewelle umzugehen. Mein Nachbar ist auch schon krank ... Aber ich glaube, bei dem ist es was Schlimmeres. Hast du die Todesanzeige gestern in der Zeitung gelesen? Der arme Mann, ganz gebrochen ist er. So viel Elend aber auch ..."

Coco fühlt sich unbehaglich und schaut sich um. Da steht Hansi und beobachtet sie. Als sie eine hilflose Geste macht, ertönt ein Pfiff, und bald darauf tauchen ihre Freunde auf. Die Frau lässt sich aber in ihrem Redefluss nicht unterbrechen.

„Sie hat nicht nachgegeben, diese eiskalte Person. Erst wollte sie ihn partout nicht heiraten, und dann hat sie es geschafft, dass er seinen Sohn nicht mehr sehen durfte. Typisch Rechtsanwältin! Alles Rechtsverdreher! Doch der Jan hat ihr einen Strich durch die Rechnung gemacht." Die Frau kichert schadenfroh.

„Aber er hatte denselben Nachnamen wie sein Vater", wirft Janka ein und schiebt sich nach vorn. „Demnach müssten sie doch verheiratet gewesen sein."

„Ah, Janka, da bist du ja." Die Frau nickt ihr freundlich zu. „Hast du dir Verstärkung mitgebracht? Das ist recht, die kann man immer gut gebrauchen. - Also, die Anzeige, Kinder, die ist falsch. Der Junge hieß ganz sicher nicht mit Zweitnamen Karl, und mit Nachnamen Wiegand sowieso nicht. Aber der arme Mann wollte seinen Sohn wohl anständig verabschieden. Die Frau hat ja in der Hinsicht nichts unternommen."

„Wo liegt der Junge denn begraben?" Lailas Piepsstimme ist kaum zu hören, aber Rheumaschulters Nachbarin hat gute Ohren.

„Na, auf dem Lindenfriedhof. Die Mutter gehört doch zu einer der feinen Familien hier in der Gegend."

Der Lindenfriedhof im Nachbarort ist ein sehr alter Friedhof mit gepflegten Gräbern angesehener Familien. Da gibt es sogar richtige Familiengruften. Überhaupt ist dort alles etwas nobler als anderswo.

„Der arme Herr Wiegand geht seit Donnerstag

jeden Morgen ganz früh aus dem Haus. Und ich sage euch, ich weiß genau, wohin und warum er das tut."

Coco hält tatsächlich gespannt den Atem an, als die Frau eine Pause einlegt.

„Er fährt extra so früh ans Grab seines Sohnes, damit diese herzlose Person ihn nicht dabei erwischt. Wie ich sie kenne, würde sie sogar Wachen aufstellen, wenn sie das wüsste, nur um ihn davon abzuhalten."

„Was meinten Sie eben damit, dass der Junge seiner Mutter einen Strich durch die Rechnung gemacht hat?", fragt Coco beklommen.

„Ja, das Ganze war wirklich sehenswert, kann ich euch sagen." Die Frau senkt theatralisch die Stimme. „Liebe kann man eben nicht verbieten. Die beiden waren ein Herz und eine Seele. Den ganzen Sommer über haben sie gegraben, gesät und gepflanzt. Vater und Sohn – dasselbe Gesicht, die gleiche Körperhaltung und beide wie versessen aufs Gärtnern. Ich weiß nicht, was der Junge seiner Mutter vorgeschwindelt hat, um herkommen zu können, aber ferngehalten hat er sich von seinem Vater nicht."

Coco starrt die anderen an und merkt an den erstaunten Gesichtern, dass sie alle das Gleiche denken. Rheumaschulter, und in der dreckigen Erde wühlen? Unvorstellbar!

„Im ersten Jahr haben sie dieses Baumhaus gebaut. Ein windschiefes Ding, aber der Junge war selig.

Später kam dann das Gartenhäuschen dazu und der offene Kamin. Ja, ich könnte euch noch so einiges erzählen. Wie diese eiskalte Rechtsanwältin den Ruf des armen Herrn Wiegand beinahe völlig zerstört hätte. Überall hat sie herumerzählt, dass er ein schlechter Vater sei und schädlichen Einfluss auf den Jungen habe. Herr Wiegand hat sich dann aber rechtzeitig von dieser streitbaren Person zurückgezogen. Ich frage mich nur immer wieder, was das für eine Frau sein muss, die den Vater ihres Kindes nicht heiraten will! Warum haben sie dann überhaupt ein Kind?"

Das alles klingt zwar wirklich nicht danach, als ob Jans Mutter eine liebenswerte Person wäre, aber so ganz kann Coco der Nachbarsfrau trotzdem nicht zustimmen. Sie kann sich sehr wohl vorstellen, dass jemand Rheumaschulter nicht heiraten will. Aber Jans Mutter muss ihn zumindest einmal akzeptabel gefunden haben, sonst hätte sie sich ja nie mit ihm eingelassen, und Jan wäre nicht zur Welt gekommen.

„Na, ich will euch nicht mit meinem Gerede aufhalten. Ist auch sonst gar nicht meine Art, über die Nachbarn zu reden."

Janka zwinkert Coco zu.

„Er ist euer Lehrer, nicht? Seid nett zu ihm, er hat es bisher nicht leicht gehabt im Leben."

Das glaubt Coco plötzlich auch. Als die Frau wieder im Haus verschwunden ist und sie den schmalen Weg durch den Vorgarten entlanggehen, schaut Coco verstohlen durch die Büsche zum Nachbarhaus hinüber. Wenn sie sich Rheumaschulters Verzweiflung vorstellt, fröstelt es sie.

„Jetzt wissen wir zumindest, woher er die Verletzung an der Schulter hat: von zu viel Gartenarbeit." Hansis Versuch, die Stimmung zu heben, geht daneben. Alle sind viel zu betroffen, um jetzt irgendeinen Kommentar von sich zu geben. Schweigsam und in Gedanken versunken tragen sie die restlichen Zeitungen aus.

Als sie fertig sind, ist es halb drei.

„Dann kommst du jetzt ja rechtzeitig nach Hause", sagt Hansi zu Janka.

„Das schaff ich dicke", stimmt sie ihm zu und dreht sich zu Coco um. „Ich hatte vergessen, dir zu sagen, dass du bei Rheumaschulters Nachbarin die Zeitung einfach nur schnell vor die Tür werfen oder auf den Briefkasten legen darfst. Eine Sekunde zu lange vor ihrer Tür, und schon hat sie einen erwischt."

„Wieso? Ist die etwa immer so tratschsüchtig?", fragt Coco verwundert.

„Deswegen hab ich euch doch am Anfang die ausführliche Liste gegeben. Das war das Klatschmaul."

„Unter Klatschmaul hatte ich mir einen Mann vorgestellt", mischt sich Laila ein. „Zu der Frau passt Klatsch*tante* viel besser."

„Nun sei nicht so kleinlich." Janka stupst sie grinsend in die Seite. „Aber jetzt muss ich los. Und nochmals danke für eure Unterstützung."

Hansi geht noch mit zu Coco und Laila in die Straße, weil er da sein Rad abgestellt hat. Vor Cocos Haus begegnen sie Oma, die gerade vom Einkaufen kommt.

„Ihr seht ja völlig erschöpft aus", ruft sie. „Kommt rein und ruht euch erst einmal aus. Ich hab auch was Gutes für euch mitgebracht."

„Ich wünschte, ich hätte eine Oma wie Sie." Hansi lächelt Oma selig an. Er hat wieder zu seiner gewohnten Form zurückgefunden.

Grinsend beobachtet Coco, wie er Oma damit um den Finger wickelt, dass er ihr die schweren Taschen abnimmt und ihr obendrein noch seinen Arm als Stütze anbietet.

„Ist dir eigentlich schon aufgefallen, dass Hansi ziemlich viel Ähnlichkeit mit deinem Vater hat?", fragt Coco Laila.

Laila stutzt, aber dann nickt sie zustimmend. „Zumindest was Oma angeht, macht er ihm schwer Konkurrenz!"

Was verbirgt Janka?

Oma fühlt sich ganz in ihrem großmütterlichen Element, als sie Coco, Laila und Hansi unter ihre Fittiche nimmt, sie an den Küchentisch setzt, ihnen ein Glas Kakao einschenkt und dann erst einmal nur zuhört.

„Bestimmt hat Herr Wiegand einen zermürbenden Kampf um das Sorgerecht geführt", vermutet sie, als die drei ihren Bericht beendet haben. „Aber wenn er mit Jans Mutter gar nicht verheiratet war, hatte er damals wohl von Anfang an nicht die Spur von einer Chance."

Coco fühlt sich immer noch ziemlich aufgewühlt. Jetzt, wo sie über Rheumaschulters Problem Bescheid weiß, kann sie sich seine kleinkarierte Art plötzlich viel besser erklären.

Wenn schon sein Familienleben nicht so lief wie gewünscht, wollte er vermutlich wenigstens alles andere im Griff haben.

„Wenn ich furchtbar durcheinander bin, räume ich ja auch immer mein Zimmer auf." Erst als die anderen sie erstaunt anstarren, fällt Coco auf, dass sie laut gedacht hat. „Mir ist nur gerade ein Licht aufgegangen", fügt sie erklärend hinzu.

„Na, dann lass uns doch an deiner Erleuchtung teilhaben", fordert Oma sie freundlich auf.

Hansi kriegt sich vor Lachen kaum noch ein. Er ist Omas Sprüche eben nicht gewohnt.

„Mir fiel bloß auf, dass ich Rheumaschulter jetzt besser verstehen kann, seinen Pünktlichkeitstick und Ordnungsfimmel, sein ständiges Gerede von Anstand und etwas aus sich machen." Coco malt mit ihrem Fingernagel Muster auf die Tischdecke. „Sein Familienleben war ein Chaos, deshalb wollte er zumindest in der Schule eine Art heile Welt schaffen."

Hansi ist nachdenklich geworden. „Da hat er mit unserer Klasse aber wenig Glück gehabt. Nur du warst freundlich zu ihm, Laila."

„Ja, du hast das früher kapiert als wir." Coco klopft ihr anerkennend auf die Schulter. „Vor ein paar Wochen erst hast du mir gesagt, Rheumaschulter wäre richtig nett, wenn er nicht vor einer Meute von Schülern steht."

Hansi seufzt.

„Vor allem vor mir! Manchmal habe ich wirklich eine zu große Klappe ..."

„Nun macht mal Schluss mit den Selbstvorwürfen", sagt Oma energisch. „Nach dem, was ich mittags so von Coco zu hören gekriegt habe, hat er euch ganz schön rangenommen und gezwiebelt. Ich denke, er hätte seine Launen nicht an euch Schülern auslassen dürfen. Meiner Meinung nach seid ihr quitt."

„Ich werde demnächst trotzdem etwas vorsichtiger sein, ehe ich biestige Leute verurteile", nimmt Coco sich vor.

„Das klingt genauso wie meine guten Vorsätze am Neujahrstag", meint Hansi. „Leider halten die aber selten länger als zwölf Stunden."

„Ich habe gehört, dass du so niedliche Haustiere hast, Hansi." Oma wechselt bewusst das Thema. „Stell sie mir doch mal vor."

Hansi reißt überrascht die Augen auf. So viel Mut hätte er nicht von einer älteren Frau erwartet. Begeistert geht er auf das Angebot ein.

Als Mam nach Hause kommt, sitzen die drei immer noch bei Oma in der Küche und machen Hausaufgaben.

„Wie schön, unsere Familie wird immer größer." Mam nickt Hansi freundlich zu, bevor sie sich triumphierend an Oma wendet. „Stell dir vor, ich hab ihn endlich weich gekriegt!"

„Ich hab ja gesagt, dass es klappen wird", erwidert Oma nur.

„Was hat geklappt? Wer ist weich geworden?", will Coco wissen.

„Nubi natürlich. Er geht heute Abend mit mir tanzen." Mam macht übermütig ein paar Tangoschritte und fegt dabei Hansis Bioheft zu Boden. „Oh, Entschuldigung, junger Mann."

Coco hebt das Heft auf und sieht Mam gequält an. „Willst du als Meerjungfrau gehen?"

„Nubi ist gerade dabei, seinen besten Anzug zu bügeln." Mam ignoriert Cocos Einwurf und redet weiter auf Oma ein. „Ich habe ihm Opas Fliege dazu versprochen. Geht das?"

„Klar geht das! Ich hol sie dir."

Für Nubi würde Oma wohl noch größere Heiligtümer herausrücken als nur die weinrote Samtfliege, überlegt Coco. Dann fällt ihr aber noch etwas anderes ein. „Was macht eigentlich dein Dieter, wenn du auf einmal mit einem anderen Tanzpartner auftauchst?"

„Zum einen ist er nicht *mein* Dieter, nur weil wir manchmal miteinander tanzen, und zum anderen verkraftet er das schon. Ich habe bereits jemanden ganz Nettes für ihn im Auge, der mich ersetzen wird." Mam schmunzelt vergnügt. „Eigentlich verdanke ich Dieter überhaupt ziemlich viel. Er hat vor kurzem zweimal bei Nubi angerufen, als er mich hier nicht erreichen konnte. Ich nehme an, mein Schatz ist etwas eifersüchtig geworden und hat sich deshalb dazu durchgerungen, es doch mal mit dem Tanzen zu versuchen."

„Eifersucht ist doof!", sagt Coco. Weil sie sich aber in letzter Zeit selbst bei solchen Anwandlungen erwischt hat, fügt sie schnell hinzu: „Trotzdem kann ich's ihm nachfühlen."

„Du?!", rufen Laila und Hansi wie aus einem Mund.

„Das wundert mich aber auch." Oma sieht Coco prüfend an.

„Coco ist unglücklich verliebt und hat uns nichts

gesagt." Mam macht ein erstauntes Gesicht. „Wer ist es denn, wegen dem du leidest?"

„Ihr seid mir zu blöd!" Coco steht abrupt auf und läuft aus der Küche.

„He, war doch nur Spaß!", hört sie Hansi noch rufen, aber Coco reagiert nicht darauf. Sie hat jetzt Lust, ausgiebig zu schmollen.

Der Mittwoch vergeht wie ein typisch langweiliger Wochentag. Morgens in der Schule schuften, nachmittags zu Hause schuften. Das einzig Außergewöhnliche ist, dass die Zeitung später kommt als sonst. Aber vielleicht muss Jankas Mutter sich noch schonen, und Janka hat erst später mit dem Austragen anfangen können.

Als Coco sie am Donnerstag vor der ersten Stunde danach fragt und ihr Hilfe anbietet, winkt Janka ab.

„Mit meiner Mutter ist alles in Ordnung."

„Ich dachte ja nur, weil du gestern erst so spät bei uns warst", erklärt Coco.

„Ich bin eben nicht so schnell wie ihr. Zeitungsausträger sind keine Maschinen." Janka winkt jemandem zu und verschwindet, so schnell sie kann, im Klassenzimmer.

Coco starrt ihr verwirrt nach.

„Bestimmt war wieder irgendwas mit Rüdiger", vermutet Laila, während Coco versucht, auf Hansis selbst gebautem Stuhl eine einigermaßen bequeme Sitzhaltung einzunehmen.

Coco und Laila haben sich nach der Schule mit Hansi verabredet, der ihnen sein neuestes Chemieexperiment vorführen will. Nicht, dass Coco an Explosionen und stinkenden Dämpfen besonders interessiert wäre, aber erstens ist sie gern mit Hansi zusammen, und zweitens hatte sie diesmal keine Lust, den Nachmittag alleine zu verbringen. Und Laila war sofort sehr gespannt auf Hansis Experiment, das er großspurig als „geniale Erfindung" angekündigt hatte.

Aber statt irgendwelche Chemikalien zu mischen, sitzen die drei erst einmal nur herum und grübeln über Jankas sonderbares Verhalten nach.

„Warum macht sie nur aus allem so ein Geheimnis?", murrt Coco. „Ich dachte, wir wären Freunde."

„Janka kommt zwar mit allen gut aus, aber richtig befreundet ist sie mit keinem", wendet Hansi ein.

„Sie hat immer gute Ratschläge parat und verplempert keine Zeit mit unnützen Überlegungen", fügt Laila hinzu. „Und sie kann gut zuhören."

„Bei Rüdigers Gerede würde ich Ohrenschmerzen kriegen." Hansi kringelt gedankenverloren Sniffys Rattenschwänzchen zu einer Schnecke.

„Vielleicht ist er bei Janka ganz anders als sonst", meint Laila. „Also ich finde es gut, dass sie niemandem erzählt, was er ihr anvertraut hat."

„Ja, aber heute Morgen war sie irgendwie sonderbar." Coco überlegt, wie sie es in Worte fassen soll. „Janka hat mir nicht in die Augen gesehen und ist meiner Frage eindeutig ausgewichen. Es war fast so, als ob sie sich schämen würde oder in Schwierigkeiten wäre. Ich habe einfach ein ungutes Gefühl."

„Hm." Hansi überlegt. „Wir fangen sie am besten mal ab, wenn sie heute hier vorbeikommt, und ich versuche, mit ihr zu reden."

„Ja, vielleicht hast du mehr Glück als ich." Coco streckt sich. „Jetzt zeig mal deine neue Erfindung, bevor mir auf diesem schrecklichen Stuhl der Hintern einschläft."

Wider Erwarten schlägt Hansis Experiment auch Coco in den Bann, und vor lauter Diskutieren über Zuckerlösung, Nährboden und Pflanzendünger verpassen sie Janka dann doch.

Detektivarbeit

Nachdem Referendar Sieger die Klasse am Freitagmorgen mit seinem dynamischen Geschichtsunterricht erfolgreich wach bekommen hat, geht es weiter mit Chemie und Biologie.

Coco ist aber heute nicht ganz bei der Sache. Sie kann es sich nicht verkneifen, ständig Janka und Rüdiger zu beobachten. Vor der Biostunde diskutieren Ute und Micha ausgiebig den letzten Klatsch über Rheumaschulter. Micha sitzt links, Ute rechts und Coco dazwischen.

Utes Mutter hat von einer Freundin, die mit einer Schwägerin von Jans Mutter bekannt ist, eine skandalöse Neuigkeit erfahren: Jans Unfall soll nicht nur einfach ein tragischer Verkehrsunfall gewesen sein, sondern seine Mutter soll Jans Tod selbst verschuldet haben.

Klar, dass diese Neuigkeit Coco auch schockiert, aber so ganz glauben kann sie das nicht. Und nur wegen eines unbestimmten Gerüchts wilde Diskussionen zu führen, findet sie unsinnig.

Lea hat plötzlich auch was dazu zu sagen. „Ich habe gehört, dass Jans Mutter bei einer Einkaufsfahrt ihren Sohn auf dem Gehweg entdeckt hat und zu ihm hingefahren ist. Als sie neben ihm gehupt hat, soll Jan plötzlich vor Schreck auf die Straße gesprungen sein, und da hat sie ihn aus Versehen überfahren."

Frau Ehlings Ankunft stoppt die drei keineswegs. Mittlerweile sind sie bei der Überlegung angekommen, ob das Ganze nicht doch nur ein Gerücht ist und die Schuld der Mutter allein darin liegt, das Auto gefahren zu haben, mit dem die beiden verunglückt sind.

„Es braucht doch bloß einer von der rechten Seite voll in die Beifahrertür gedonnert sein, wo der Junge gesessen hat", wirft Micha gerade eifrig ein. „Das würde erklären, warum die Mutter unverletzt geblieben ist."

Frau Ehling hört sich die Diskussion kurz an und baut sich dann genau vor Micha auf, der vor Schreck heftig zusammenzuckt.

„Ich nehme an, ihr kocht gerade kräftig das Gerüchtesüppchen." Unter Frau Ehlings Blicken bekommen Ute und Micha rote Ohren. „Und da ich aus Erfahrung weiß, dass ihr euch nicht auf den heutigen Stoff konzentrieren werdet, bevor nicht dieses Geheimnis gelüftet ist, werde ich euch jetzt am besten die nüchterne und schreckliche Wahrheit erzählen, so weit sie bekannt ist."

Schlagartig wird es still in der Klasse.

„Ich bin eigentlich der Meinung, dass einige Dinge nicht unbedingt in der Öffentlichkeit breit getreten werden sollten. Aber die gesamte Schule scheint seit ein paar Tagen nichts anderes im Kopf zu haben als diese Neuigkeit. Und wie beim Spiel ‚Stille Post' kommen am Ende die schaurigsten Märchen heraus." Frau Ehling wandert durch den Mittelgang. „Sicher wird bald auch eine Journalistenversion der ganzen Geschichte in der Zeitung stehen. Tatsache ist, dass Jans Mutter den Unfallwagen gesteuert hat. Die Polizei vermutet, dass es Streit gab und Jan aussteigen wollte oder ins Steuer gegriffen hat. Der Wagen fuhr direkt an einen Laternenpfahl. Und weil der Junge nicht angeschnallt war, erlitt er tödliche Verletzungen."

Entsetztes Stöhnen und lautstarke Kommentare hindern Frau Ehling am Weitersprechen.

Das ist ja genauso furchtbar wie die Gerüchte, findet Coco und schaut automatisch zu Laila hinüber. Die hat beide Hände vors Gesicht geschlagen und sieht so aus, als wolle sie am liebsten nichts mehr hören. Coco kann es ihr nachfühlen.

„Puh, bin ich froh, dass wir uns für heute Mittag was Lustiges vorgenommen haben." Sabrina hat nach der Stunde Coco und Laila untergehakt, und gemeinsam gehen sie nach draußen. „Das wird mich davon ablenken, nur über das Gehörte nachzugrübeln."

„Ich weiß nicht, ob wir uns das jetzt ansehen sollen. Ich bin gar nicht in Stimmung", entgegnet Laila. „Der arme Herr Wiegand!"

„Was ansehen? Wovon redet ihr überhaupt?" Coco bleibt verärgert stehen.

„Hat dir Laila nichts davon erzählt?" Sabrina schaut erstaunt von einer zur anderen.

„Tut mir Leid, das hab ich völlig vergessen." Zerknirscht greift Laila wieder nach Cocos Arm, aber die schüttelt sie ab.

„Ich hab vorgestern einen neuen Laden neben der Kirche entdeckt, mit Glückssteinen, Silberschmuck und Duftlampen. Da gibt's auch ägyptische Traumbücher", erklärt Sabrina schnell. „Ich hab Laila davon erzählt, und wir wollten heute zwischen Schule und Sport ein bisschen dort herumstöbern."

„Ja, Baba kutschiert uns gleich in die Innenstadt." Laila schaut vorsichtig zu Coco auf.

„Ach, und jetzt soll ich einfach ‚Toll!' rufen und mitkommen." Beleidigt geht Coco einen Schritt schneller.

„Nun komm, sei kein Spielverderber, Coco." Sabrina klopft ihr auf den Rücken.

„Geht ruhig alleine, ich nehme den Bus."

„Nein, ohne dich macht es keinen Spaß!" Laila hält Coco fest. „Bitte! Es tut mir auch schrecklich Leid, dass ich vergessen hab, es dir zu erzählen."

Coco schweigt unschlüssig.

„Komm! – Du bist schließlich nicht nur meine beste Freundin, sondern seit neuestem auch meine Schwester." Laila redet ihr gut zu.

„Okay, aber dann muss ich erst noch Oma anrufen, dass ich nicht zum Essen komme."

„Die weiß doch schon längst Bescheid." Laila

weicht Cocos vorwurfsvollem Blick aus und schiebt sie zum Auto.

„Hallo, ihr drei Hübschen!", begrüßt Nubi sie mit strahlendem Gesicht. „Hier ist erst einmal eure Verpflegung."

„Mmh, Falafil-Sandwich", schwärmt Laila, als sie ihr Paket in Empfang nimmt.

„Selbst gemacht?", fragt Sabrina erstaunt, und als Nubi nickt, schaut sie ihn sich genauer an. „So sieht also ein emanzipierter Mann aus. Glückwunsch, Laila! Soweit ich weiß, hat kein Mann in meiner gesamten Verwandtschaft jemals einen Kochlöffel angefasst. Kann ich mal Ihre Hand sehen, Herr Darnubi?"

„Er fährt doch, du Blödi!", zischt Coco, aber Nubi lacht nur und hält Sabrina seine linke Hand nach hinten.

„Ausgeprägter Mondhügel, alles klar, danke!"

Nubi zwinkert Coco nur amüsiert zu und lässt die drei dann in der Innenstadt raus.

Der Laden entpuppt sich als ein ganz normaler Buchladen mit Geschenke-Ecke. Da hat Coco schon eine bessere Auswahl an Amulettkrempel gesehen. Aber Sabrina ist ganz in ihrem Element, und Laila findet die Traumdeutungsbücher offensichtlich auch spannend.

Lustlos dreht Coco an dem Ständer mit den neuesten Taschenbuchausgaben, bevor sie die Auslage mit den Bildbänden in Augenschein nimmt. Als sie gerade hinter dem Schaufenster steht, sieht sie Janka mit eiligen Schritten im Blumengeschäft schräg gegenüber verschwinden.

„He, komm mal her!" Coco versucht Laila von der Esoterik-Ecke wegzuziehen.

„Gleich", wehrt die ab und zeigt Sabrina kichernd einen Abschnitt in dem dicken Wälzer, den sie in der Hand hält.

„Janka ist gegenüber im Blumengeschäft!", zischt Coco Laila zu.

„Na und?"

„Kapierst du nichts? Um diese Zeit trägt sie normalerweise Zeitungen aus. Das ist die Gelegenheit herauszufinden, was mit ihr los ist."

In dem Moment bricht Sabrina in begeistertes Lachen aus und hält Laila das Kapitel „Wenn Sie von fliegenden Schweinen träumen ..." unter die Nase.

„Dann geh ich eben allein." Coco stapft aus dem Laden.

„He, wo willst du hin?" Laila streckt den Kopf zur Ladentür hinaus.

„Wir treffen uns beim Sport", ruft Coco ihr missmutig zu und ist froh, dass Laila gleich wieder im Buchladen verschwindet. Janka soll ja nicht merken, dass sie beobachtet wird.

Hinter einem Baum versteckt, wartet Coco, bis Janka wieder aus dem Geschäft kommt.

Nach kurzer Zeit erscheint sie mit einer Sonnenblume und läuft zielstrebig die breite Fußgängerzone hinunter. Coco bleibt ihr auf den Fersen, wobei sie ein paar Meter Sicherheitsabstand hält. Dummerweise ist die Innenstadt aber um diese Zeit ziemlich bevölkert, so dass Coco manchmal wie im Zickzack laufen muss und Schwierigkeiten hat, Janka im Auge zu behalten. An einer Fußgängerampel schafft es Janka gerade noch über die Straße, während Coco stehen bleiben muss. Zum Glück holt sie Janka bald wieder ein. Wenig später passiert dann doch das, was Coco die ganze Zeit über verhindern wollte: Plötzlich ist Janka im Gewühl verschwunden.

Mist!, denkt Coco und hastet vorwärts. Warum tauchen gerade jetzt so viele Kinderwagen auf, hinter denen sie anhalten muss, und Leute mit Krücken, auf die sie Rücksicht nehmen muss? Es ist zum Ausrasten. Als dann auch noch ein Lieferwagen aus einer Seitenstraße getuckert kommt und genau vor ihrer Nase Halt macht, wäre Coco beinahe vor Ungeduld geplatzt. Jetzt kann sie genauso gut aufgeben.

Am Ende der Fußgängerzone schaut Coco sich noch einmal kurz um und ist ganz erstaunt, dass sie Janka in der Ferne tatsächlich entdeckt. Die Sonnenblume in ihrer Hand leuchtet wie ein gelber Punkt. Jetzt müsste Hansi mit seinem Rad dabei sein, überlegt Coco. Überhaupt hätte der sie nicht so im Stich gelassen wie Laila.

Janka steht mitten auf dem Bürgersteig und spricht

mit einer dunkel gekleideten Person. Dann gehen beide um eine Hausecke und sind nicht mehr zu sehen.

Nachdenklich kehrt Coco um. Auf die Entfernung hin konnte sie zwar nichts Genaues erkennen, aber irgendwie sah die Person nicht nach Rüdiger aus. Sie wirkte viel größer und älter.

Während der Busfahrt zurück zur Schule starrt Coco aus dem Fenster und grübelt abwechselnd über Jankas Verhalten, Jans trauriges Schicksal und über ihre eigene schlechte Stimmung.

Im Umkleideraum bemüht sich Laila so rührend um Coco, dass die weich wird und ihren Missmut vergisst.

„Ist schon gut, ich fühlte mich eben nur ein bisschen zur Seite gedrängt", gibt sie zu. „Das war dumm, ich weiß. Und dieser Wahrsagekram interessiert mich eben nicht besonders. Das macht mir so ein ..." Coco bricht mitten im Satz ab. Janka kommt angehetzt. Sie hat ihre Zeitungstasche dabei, und die ist noch halb voll.

Aber Coco verkneift sich die Frage, die ihr auf der Zunge liegt. Sie hat keine Lust auf eine neue Abfuhr. Nach einem viel sagenden Blick zu Laila zieht sie sich stumm um.

Die liebe Familie

Das Wochenende überfällt Coco wieder mit einer Überdosis Familienglückseligkeit. Schon am Samstagmittag sind Mam und Nubi unzertrennlich. Wenn Coco oder Laila irgendetwas mit einem von ihnen besprechen wollen, müssen sie mit diesem Doppelpack vorlieb nehmen. Und Oma ist sonderbarerweise auch immer in der Nähe.

Am Morgen in der Schule hat Coco mit Hansi und Laila ausgiebig das „Geheimnis Janka" besprochen, sie sind aber nicht zu neuen Erkenntnissen gekommen. Obwohl Laila Beschatten schäbig findet, wäre Coco gerne noch mal mit Hansi losgezogen, um Janka zu verfolgen. Aber der muss leider heute und morgen einen lange geplanten Pflichtbesuch bei seiner Oma absolvieren. Laila hat bei dieser Nachricht ganz zufrieden ausgesehen und sich nichts daraus gemacht, dass Coco enttäuscht war.

Mittlerweile hat sich Coco damit abgefunden, dass sie ihre Neugier nicht stillen kann, und sie stimmt Lailas Vorschlag freudig zu, den trüben Nachmittag mit einer ausgiebigen Runde Bauchtanz etwas aufzupeppen. Dummerweise tauchen bald darauf Mam (in ihrem Meerjungfrau-Kostüm) und Nubi auf.

„Ich dachte, du könntest Bille auch mal die Grundschritte zeigen, Laila", tönt Nubi in bester Laune.

„Wenn ich mir Cocos Fortschritte anschaue und an Billes Tangotalent denke, müsste in dieser Familie eine große Begabung liegen."

Und in deiner Familie liegt eine große Überrede-Begabung, denkt Coco genervt. Nichts gegen Mam, aber wenn sie mit Nubi zusammen ist, benimmt sie sich meist so albern, dass es Coco regelrecht wehtut.

Nachdem das erste Musikstück zu Ende ist, will Coco unbemerkt verschwinden. Da begegnet ihr Mams Hilfe suchender Blick, und Coco bringt es doch nicht übers Herz, sie im Stich zu lassen. Was hat Mam nur so an sich, dass sie Coco immer wieder erweichen kann?

Der Sonntag vergeht ähnlich. Gemeinsames Frühstück, gemeinsames Mittagessen, und dann schlagen Nubi und Mam auch noch einen gemeinsamen Sonntagsspaziergang vor – wie öde!

„Mir ist es draußen zu kalt", protestiert Laila.

„Nun sei keine Zimperliese", meint Nubi nur. „Oma kann dir sicher mit Schal, Mütze und Handschuhen aushelfen."

„Soo kalt ist es auch wieder nicht", murmelt Laila und lächelt Oma halbherzig zu, die ihr einen Wollschal reicht.

„Gönnt uns die Freude", sagt Oma. „Wir wollen doch allen mal richtig zeigen, dass wir jetzt eine große, glückliche Familie sind."

Arm in Arm trödeln Coco und Laila dann hinter den dreien her und schauen zu, wie Oma bei jedem Nachbarn, dem sie „Einen schönen Sonntag!" entgegenschmettert, ein Stück aufrechter geht. Sie scheint wirklich mächtig stolz auf ihre neue Familie zu sein.

Laila erzählt von dem Buch, das sie gerade liest (die Ausgrabungen in Troja, wie spannend!), und Coco lässt ihre Gedanken schweifen.

„Ist das nicht euer Geschichtslehrer?" Nubi hat seine Schritte verlangsamt und zeigt Coco und Laila eine einsame, schwarz gekleidete Gestalt, die am Ende der Straße herumgeistert.

„Er sieht traurig aus", meint Laila mitleidig.

„Ja, ganz verloren", stimmt Nubi ihr zu.

„Lasst uns schauen, wo er hingeht", schlägt Coco vor, deren Neugier wieder erwacht.

„Lieber nicht, der arme Kerl will sicher seine Ruhe haben", erwidert Nubi und schleicht sich an Bille heran.

„Hu!"

Sie kreischt erschrocken auf, und enttäuscht sieht Coco, wie Rheumaschulter schnell in einem Seitenweg verschwindet.

„Siehst du, er hat uns gehört, will aber niemandem begegnen." Laila zieht Coco nach vorn zu den anderen. „Erzähl doch mal, Oma, wo ihr früher immer entlangspaziert seid."

Oma lässt sich nicht lange bitten und gibt Episoden aus „der guten alten Zeit" zum Besten, als Opa noch lebte und manchen Unsinn verzapft hat.

Inzwischen versucht Coco unauffällig die Route des Spaziergangs in Richtung des Seitenwegs zu lenken, in dem Rheumaschulter verschwunden ist. Aber das klappt nicht, weil Oma plötzlich auf die glorreiche Idee kommt, sie alle zu einem Umtrunk in Opas Lieblingscafé einzuladen.

Der einzige Lichtblick ist das überraschende Auftauchen von Hansi.

Coco winkt ihm heftig zu, aber er grinst nur und hält einer gebrechlichen alten Dame die Tür auf. Die Dame trägt ein feines dunkelblaues Jackenkleid, und auch Hansi hat sich in Schale geworfen und wirkt in der Tuchhose ungewohnt feierlich. Dann und wann zwinkert Hansi Coco und Laila zu, aber im Großen und Ganzen konzentriert er sich völlig auf seine Oma. Ihr Gespräch ist dabei nicht zu überhören. Die Frau scheint stocktaub zu sein, weshalb Hansis durchdringende Stimme endlich einmal von Nutzen ist.

Der krönende Abschluss dieses Familienwochenendes ist ein gemeinsamer Fernsehabend bei Collmanns. Gerade als Coco sich in ihr Zimmer zurückziehen will, klemmt sich Nubi neben sie aufs Wohnzimmersofa.

„Was ist los, Coco?", fragt er und schaut sie eindringlich an. „Findest du uns so schrecklich blöd, dass du uns nicht mehr ertragen kannst?"

Da muss Coco gegen ihren Willen lachen. „Woher weißt du das?", flüstert sie.

„Du wirst es nicht glauben, aber ich war früher auch mal jung!"

Coco stöhnt. „Der Standardsatz der Erwachsenen!"

„Ich würde mich freuen, wenn du mich trotzdem noch magst." Nubi drückt Cocos Schulter und steht auf.

„Klar mag ich dich", erwidert Coco halblaut und verdreht die Augen. „Aber bei Bille bin ich mir nicht so sicher. Weißt du, bis jetzt war ich mehr an Mam gewöhnt."

Nubi lacht lauthals los. Das ist das Schöne an ihm, findet Coco. Er kapiert immer alles, ohne dass man es ihm groß erklären muss.

Nach dem langweiligen Wochenende hat Coco sich richtig auf den Montag gefreut, trotz Schule. Ihre Hochstimmung hält aber nur bis zum Schulhof an.

„Ich hab meine Geschichtshausaufgaben vergessen!" Coco schlägt sich mit der flachen Hand an die Stirn. „Ich Idiot! Wäre ich doch gestern bloß nicht mit spazieren gegangen!"

„Ich hab sie Freitagabend schon gemacht", sagt Laila - was Coco wenig hilft. „Es war recht viel."

„Der Sieger wird mich durch die Mangel drehen", jammert Coco.

„Schade, dass du nicht neben mir sitzt, dann könnte ich dir helfen." Laila runzelt die Stirn. „Aber ich kann dir meine Aufgaben nicht geben. In der ersten Reihe ohne Heft dazusitzen fällt sofort auf."

„Vielleicht kontrolliert er die Hefte ja gar nicht so streng wie Rheumaschulter." Coco macht sich selbst Mut.

„Oder Rüdiger schiebt dir sein Heft zu, wenn der Sieger bei ihm gewesen ist", spöttelt Laila.

„Du kannst gut Witze machen", knurrt Coco. „Weißt du überhaupt, wie ich mich fühle?"

Laila nickt. „Wie auf dem Weg zum Schafott, ich kann's mir in etwa vorstellen. So hab ich mich jeden Morgen gefühlt, als ich hier neu an der Schule war."

Das versöhnt Coco schnell wieder, weil sie noch im Nachhinein Mitleid hat, und sie hakt sich bei Laila ein.

„Gehen wir es an! Mehr als den Kopf abreißen kann er mir nicht."

Gleich nachdem der Sieger ins Klassenzimmer gestürmt ist, meldet sich Coco, um die Sache hinter sich zu bringen.

„Aha! Hausaufgaben vergessen", schnarrt der Sieger, und der Blick aus seinen blauen Augen durchdringt Coco bis ins Innerste. „Auf diesen Fall warte ich schon die ganze Zeit. So was ist typisch: Lehrer in Machtposition, Schüler vor Angst zitternd demütig in Büßerpose. An welche Staatsform erinnert uns das?"

Coco bleibt vor Überraschung der Mund offen stehen.

„Tyrannei!" Leas Zwischenruf wird mit einem begeisterten Nicken des Lehrers belohnt.

„Die Frage ist nur, wer tyrannisiert hier wen?" Er fixiert Lea. „Die Kaugummi kauende Schülerin mit Walkmanstöpseln in den Ohren den Lehrer oder der Lehrer die Schülerin?"

Leas Gesicht nimmt eine leicht rosa Färbung an.

„Doch zurück zu unserer Büßerin. Was lernt man in einer Tyrannei?" Der Sieger läuft wieder auf und ab. „Das wisst ihr nicht, als alte Hasen? Jeder Schüler weiß das spätestens in der dritten Klasse. Man lernt Trotz, Aufmüpfigkeit und passiven Widerstand. Aber auf keinen Fall lernt man den durchzunehmenden Stoff."

Er hält inne und lässt den Blick über die Reihen schweifen. Coco wagt nicht aufzusehen.

„Ich aber will nur eins - eine gesunde Wissensgrundlage in Geschichte für euch. Daher wirst du, Coco, heute Nachmittag deine Geschichtshausaufgabe nachholen. Ganz freiwillig, ohne Druck ..." (unterdrücktes Kichern von Hansi!) „... und mit Freude daran. Und wenn du das erledigt hast, wirst du mir auf den Anrufbeantworter sprechen, dass du mit der Aufgabe fertig bist. Einverstanden?"

Coco nickt und nimmt die Visitenkarte entgegen, die der Sieger ihr entgegenhält.

„Prima, dann wäre das geregelt."

Der Lehrer rollt eine Schautafel aus und beginnt mit dem Unterricht.

„Ein toller Mann!" Sabrina schaut dem Sieger schwärmerisch nach, der mit Riesenschritten Richtung Lehrerzimmer eilt.

„Ja, wirklich." Coco hat sich immer noch nicht ganz davon erholt, dass sie so glimpflich davongekommen ist.

Die beiden sitzen auf der Fensterbank im Flur und warten auf Frau Dornbiers Ankunft. Und da kommt sie auch schon, in streng geschnittenem kaffeebraunem Kostüm und zielstrebig wie immer.

Coco und Sabrina verschwinden schnell im Klassenraum. Zum Glück hat Coco mit Lailas Hilfe Vokabeln gepaukt. Die müssten eigentlich sitzen, so dass von dieser Seite keine Gefahr zu erwarten ist.

Aber die Dornbier hat es heute sowieso auf die altbekannten Versager abgesehen. Es hagelt nur so an Ermahnungen und schlechten Noten. Lea bekommt eine Sechs und zuckt nur mit den Schultern, Rosalynn schafft knapp eine Vier, ist aber den Tränen nahe. Piet seufzt ergeben, als Frau Dornbier ärgerlich seine Aussprache bemängelt. Weil er aber ansonsten kaum einen Fehler gemacht hat, muss sie ihm trotzdem eine Drei geben. Hansi scheint sogar erleichtert zu sein, als er statt einer Sechs mit einer Fünf davonkommt. Aber an Rüdiger beißt sich die Dornbier heute die Zähne aus. Vor achtundzwanzig erstaunten Augenpaaren und einer immer verstörter wirkenden Frau Dornbier rasselt er die Vokabeln nur so herunter wie eine gut geölte Maschine. In ihrer Verzweiflung beginnt die Dornbier noch mal von vorne, aber die Vokabeln sitzen. Notgedrungen muss sie Rüdiger eine Eins geben. Die Klasse verharrt in ehrfürchtigem Schweigen, bis Frau Dornbier mit fahrigen Bewegungen zur nächsten Lektion übergeht.

Das sieht ja nicht nur nach einer Supernachhilfe, sondern nach einem Wunder aus! Coco schaut zu Janka, die ein regelrecht triumphierendes Gesicht macht. Als Janka aber Cocos Blick auffängt, dreht sie den Kopf schnell wieder weg.

Aufstand vor der Villa

„Also, ich verstehe nicht, was ihr aus der Sache für ein großes Geheimnis macht." Nubi unterbricht Coco und Laila, die Jankas Verhalten bereits ausgiebig auf dem Nachhauseweg diskutiert haben und immer noch nicht fertig sind. Heute findet der Mittagstreff bei Nubi statt, und sie haben gleich nach der Schule Oma abgeholt.

Nubi hält Oma die Wohnungstür auf und nimmt ihr den Mantel ab. „Ich meine, die Sache klingt ganz offensichtlich. Das Mädchen gibt dem Jungen Nachhilfe in Englisch, will es aber nicht an die große Glocke hängen, weil sie ihm versprochen hat, dichtzuhalten. Na und?"

„Ja, so was kennt man doch", wirft Oma ein. „Männer haben oft sonderbare Vorstellungen von Ehre."

Laila kichert, und Coco verzieht das Gesicht. Als „Mann" würde sie Rüdiger wirklich nicht bezeichnen, auch wenn er sich wie ein Angeber in schwarze Lederklamotten zwängt und so breitbeinig geht, als gehöre ihm die ganze Welt.

„Mittlerweile muss Janka aber klar sein, dass wir keine Klatschmäuler sind", wendet Laila ein. „Deshalb braucht sie uns doch nicht so offensichtlich auszuweichen."

„Ja, und wem hat sie die Blumen gekauft? Ich könnte schwören, dass es nicht Rüdiger war." Coco überlegt angestrengt. „Da steckt noch was anderes dahinter."

„Ich glaube, ihr seid in der Schule nicht ausgelastet und wollt vor lauter Langeweile euren eigenen Krimi erfinden." Nubi hebt abwehrend die Hände hoch, als die beiden sich mit einem lauten „Buuuh!" zur Wehr setzen.

Beleidigt sagen Coco und Laila kein Wort mehr, bis alle am Tisch sitzen. Dann können sie es sich aber doch nicht verkneifen, weiter laut nachzudenken.

„Du kannst von hier aus ja fast unser Haus sehen." Coco kniet vor dem hohen Fenster in Lailas Zimmer und schaut auf ihre Straße hinunter.

Nach dem Essen haben sie und Laila sich gleich hierhin zurückgezogen. Oma macht mit Lappen und Möbelwachs die ganze Wohnung unsicher. Normalerweise ist sie überhaupt nicht häuslich, aber Nubi schafft es irgendwie - ohne etwas zu sagen -, solche als typisch weiblich verschrienen Eigenschaften in ihr hervorzurufen. Eigentlich hatte er sie nur gebeten, ein paar alte Bücher zu sichten, die er einem Antiquariat anbieten will. Aber Oma hat plötzlich seine Möbel genauer in Augenschein genommen und gemeint, die hätten bestimmt schon lange keinen Polierlappen mehr gesehen, und das könne ihr Innenarchitektinnenherz nicht ertragen. „Schönheit darf man nicht verkommen lassen!", war schon immer ihr Motto.

Laila quetscht sich neben Coco vor das Fensterbrett und verrenkt sich fast den Hals. „Wenn du dich ganz nach links beugst, kannst du euer Haus tatsächlich sehen."

Coco schiebt sich auf Lailas Position und lacht. „Meinst du die kleine Ecke da?"

„Es ist euer Haus, oder etwa nicht?" Laila grinst.

„Okay, aber zum einander Zuwinken reicht das nicht."

„He, ihr beiden, ich fahr zur Tankstelle, um Grapefruitsaft, mein Doping, zu holen." Nubi bollert an die Tür. „Soll ich euch was mitbringen?"

„Zwei Brezeln", antwortet Laila prompt und schaut Coco dann fragend an.

Die nickt begeistert. Bei den Darnubis wird man kugelrund gefüttert, aber sonderbarerweise hat sie hier auch immer Appetit.

Laila lässt Coco eine Weile allein über der vergessenen Geschichtshausaufgabe schmoren, bis sie sich schließlich erbarmt und ihr doch bei den letzten beiden Fragen behilflich ist.

Erleichtert bringt Coco dann den versprochenen Anruf beim Sieger hinter sich.

„So, das wäre geschafft!" Coco lässt sich auf die Matratze fallen.

„Eine Eillieferung für zwei fleißige Damen!" Nubi ist offensichtlich von seinem Einkauf zurück.

„Damit sind wir gemeint", sagt Laila, macht aber keine Anstalten aufzustehen.

Von allen anderen hätte Coco die Bezeichnung „Damen" onkelhaft gefunden, aber wie Nubi das „a" lang zieht, klingt es richtig süß. Schnell geht Coco in den Flur und nimmt die Tüte mit den Brezeln entgegen.

„Wenn ich gewusst hätte, dass sie so lange bei euch bleibt, hätte ich gleich drei Brezeln mitgebracht", sagt Nubi. „Jetzt müsst ihr teilen."

Coco schaut ihn verständnislos an. „Von wem redest du eigentlich?"

„Na, von eurer Schulkameradin, dem Zeitungsmädchen. Die ist doch jetzt schon über zwanzig Minuten hier, oder? Ich dachte, ihr sprecht euch endlich über ihr Geheimnis aus."

„Janka? Hier?" Coco reißt erstaunt die Augen auf. „Bei uns ist sie nicht."

„Als ich losfuhr, habe ich ihre Tasche unten am Zaun liegen sehen, und jetzt eben lag sie immer noch da", berichtet Nubi.

„Wie spät ist es denn?", murmelt Coco.

„Halb drei", antwortet Nubi.

Coco schweigt nachdenklich. Halb drei ist noch früh. Die letzten Tage war Janka immer erst um fünf in dieser Straße gewesen. Vielleicht wird sie ja jeden Tag hier in der Gegend aufgehalten, womöglich sogar in der Villa. Aber von wem?

„Ich schau mal bei Oma nach", schlägt Nubi vor.

Coco nickt ihm nur abwesend zu und geht zurück ins Zimmer. Bei Oma ist Janka sicher nicht.

„Jankas Zeitungstasche liegt unten am Zaun. Schon seit zwanzig Minuten", berichtet Coco Laila.

„Ja und? Vielleicht hält Janka ein Schwätzchen mit der Nachbarin." Laila kritzelt weiter in ihr Heft.

„Das glaubst du doch selbst nicht!" Coco zieht ihr den Stift aus der Hand. „Hör mal kurz auf damit und hilf mir nachdenken. Wir sind ihr jetzt auf der Spur."

„... sprach Meisterdetektivin Corinna Spürnase!" Laila lächelt spöttisch, was Coco beinahe wahnsinnig macht.

„Begreifst du denn nicht? Es ist halb drei, und bei uns kam sie in den letzten Tagen immer erst um fünf vorbei. Was macht sie ganze zwei Stunden lang hier in der Nähe?" Coco rüttelt Laila an der Schulter.

„Jetzt reg dich erst mal ab", meint Laila beruhigend. „Erstens wissen wir gar nicht genau, ob sie in den letzten Tagen nicht doch früher da war, deine Oma aber erst um fünf die Zeitung entdeckt hat ..."

„Oma ist doch nicht blöd!", wirft Coco ein.

„... zweitens backt die Frau in der Wohnung unter uns oft tolle Kuchen, so dass ich Janka gut verstehen könnte, wenn sie dort hängen bleiben würde."

„Woher weißt du das? Ich dachte, ihr hättet zu keinem hier im Haus Kontakt."

„Haben wir auch nicht, aber unsere Nasen sind völlig in Ordnung." Laila lächelt wieder ziemlich oberlehrerinnenhaft. „Der Kuchenduft zieht jedes Mal durchs ganze Treppenhaus."

„Wir werden ja sehen."

Coco nimmt ihr Geschichtsheft und setzt sich auf die Fensterbank. Auch wenn man von hier aus nur eine Ecke des Collmann-Hauses ausmachen kann, auf den Vorgarten und die Straße könnte der Ausblick gar nicht prächtiger sein.

„Gehört Rüdigers Eltern vielleicht einer der Schrebergärten hinterm Haus?", fragt Coco, nachdem sie schon eine ganze Weile Jankas Tasche im Auge behalten hat.

„Hmm?" Laila schaut zu ihr auf. „Schrebergarten? Nicht, dass ich wüsste."

„War ja nur so eine Idee." Coco starrt wieder aus dem Fenster.

Um vier Uhr klappt Laila ihr Geschichtsbuch zu. „So, ich bin mit den heutigen Aufgaben fertig. Wie weit bist du?"

„Was?" Coco schreckt aus ihren Gedanken auf. „Oh, tut mir Leid, ich war völlig woanders. Jankas Tasche liegt immer noch da."

Laila schaut nach draußen. „Das ist wirklich merkwürdig."

„Ich mach mir langsam Sorgen."

Laila sieht Coco prüfend an, aber der ist es offensichtlich ernst damit.

„Ich meine, okay, vielleicht isst sie irgendwo ein

Stück Kuchen oder auch zwei, aber warum lässt sie dann ihre Tasche mit all den Zeitungen draußen liegen? Ich hätte Angst, dass jemand sie klaut oder ein Kind sich einen Scherz erlaubt oder so was."

„Ja, stimmt, das sieht Janka gar nicht ähnlich." Laila nickt. „Ich geh mal zu Baba und frage ihn, was er von der Sache hält."

Oma und Nubi sind in seinem Arbeitszimmer und durchforsten einen großen Karton altertümlicher Bücher. Omas Gesicht glüht, während sie gerade aus einem zerfledderten Band ein Gedicht vorträgt.

„Schau mal, Coco!" Oma unterbricht ihren Vortrag. „Muzaffar hat hier wahre Schätze herumliegen. Dieses Gedicht habe ich früher in der Schule lernen müssen."

„Klingt dramatisch", meint Coco und wendet sich dann gleich an Nubi. „Jankas Tasche liegt immer noch da."

„Immer noch? Das wären ja jetzt schon bald zwei Stunden!"

„Das scheint doch ernster zu sein, als ich dachte." Oma legt das zerfledderte Buch zu den anderen und wischt sich die Hände an ihrer Schürze ab. „Es wird Zeit, dass wir etwas unternehmen."

„Aber was?", fragt Coco ratlos.

„Ganz einfach", erwidert Oma. „Wir gehen im Haus von Tür zu Tür und fragen nach dem Mädchen."

„Das sieht aber komisch aus", meint Coco.

„Na und?" Oma zieht sich resolut die Schürze aus und ihren Mantel an. „Lieber ein bisschen lächerlich wirken, als sich später Vorwürfe machen."

„Was soll daran lächerlich sein?", wendet Laila ein. „Wir könnten doch so tun, als ob wir eine wichtige Nachricht für Janka hätten."

„Niemand muss irgendwelche Lügenmärchen erzählen." Nubi holt seine Jacke. „Die Wahrheit tut's auch. Man braucht sich nicht zu schämen, nur weil man sich Sorgen macht. Kommt, gemeinsam geht es schneller."

Die Suche weitet sich bald zu einer richtigen Nachbarschaftsaktion aus. Fast jeder bietet sofort seine Hilfe an. Nubi aber schickt erst einmal Laila los, um bei Janka zu Hause anzurufen.

„Nachher machen wir hier einen Aufstand, und sie sitzt gemütlich in ihrem Zimmer. - Aber sag ihren Eltern nur, dass du sie sprechen willst, Laila, ja? Keine unnötige Panik verursachen."

„Ich kann bei Rüdiger anrufen", schlägt Coco vor und staunt selbst über ihren Mut. Bestimmt wird Rüdiger nicht gerade begeistert reagieren, wenn er ihre Stimme hört.

„Das ist eine gute Idee." Nubi nickt ihr aufmunternd zu.

Atemlos kommt Coco in ihrer Wohnung an und sucht schnell Rüdigers Nummer aus dem Telefonbuch heraus.

„Rüdi? Der ist nicht da." Die Jungenstimme am anderen Ende der Leitung klingt nicht gerade freundlich. „Hat er was ausgefressen? Wer bist du überhaupt?"

Hastig lässt Coco den Hörer auf die Gabel zurückfallen und kommt sich ziemlich schäbig vor. Aber irgendwie konnte sie es nicht über sich bringen, ihren Namen zu nennen. Was hätte Rüdiger von ihr gedacht, dass sie sich nach ihm erkundigt!

„Und?", ruft Laila ihr schon von weitem zu.

Coco schüttelt den Kopf. „Rüdiger ist nicht da", berichtet sie. „Ich habe dann gar nicht weiter nach Janka gefragt."

„Zu Hause ist sie auch nicht", sagt Laila. „Ihre Mutter meinte nur, sie wäre um diese Zeit beim Zeitungsaustragen."

„Vielleicht sollten wir allmählich die Polizei einschalten", überlegt Nubi laut.

Coco staunt über den Menschenauflauf, der sich so schnell gebildet hat.

Die gesamte Nachbarschaft hat sich vor der Villa versammelt, und nur um Jankas Tasche herum ist ein wenig Platz übrig geblieben, so als hätten die Leute Angst, sich diesem untrüglichen Beweisstück zu nähern.

„Das ist nicht nötig, Baba, da kommt sie schon."

Und tatsächlich biegt gerade ein Polizeiwagen in die Straße ein.

„Wer hat den denn gerufen?", überlegt Coco laut.

„Vielleicht die Journalistin, die bei euch gegenüber wohnt", meint Laila.

„Wenn die Polizei auf eine solche Menschenansammlung nicht von selbst aufmerksam wird, macht sie keine gute Arbeit", sagt Nubi und geht dem Polizisten entgegen, der gerade aus dem Auto gestiegen ist.

Bei der Ankunft der Polizei hat sich der Haufen Menschen aufgelöst. Einige Leute haben sich verzogen, andere sind sichtlich auf Distanz gegangen. Nubi erzählt die ganze Geschichte, und Coco fügt ab und zu etwas hinzu. Laila ist plötzlich wieder das schüchterne kleine Mädchen, das sie früher einmal war. Wahrscheinlich ruft der Mann in Uniform ihr die nicht gerade schönen Zeiten in ihrem Leben ins Gedächtnis zurück. Nubi legt ihr schützend den Arm um die Schultern.

Der Polizist befragt auch Oma und die Leute aus der Villa, schaut aber immer wieder prüfend zu Nubi. Coco kommt es beinahe so vor, als ob der Mann ihn in Verdacht hat. Ob er ihm die Geschichte nicht glaubt? Oder denkt er womöglich, Nubi hätte etwas mit Jankas Verschwinden zu tun?

Coco geht schnell ein paar Schritte nach vorn und stellt sich demonstrativ an Nubis Seite.

Klick, klick! Die Journalistin hat offensichtlich einen Fotografen von ihrer Zeitung angefordert, der jetzt ein Bild nach dem anderen macht, während sie eifrig auf einen Notizblock schreibt. Statt sich so ausgiebig auf Nubi als Verdächtigen zu konzentrieren, hätte sie ihn als ihren Berufskollegen lieber verteidigen sollen, findet Coco.

Der Polizist macht sich ebenfalls Notizen, spricht ab und zu in sein Funkgerät und stellt den Umstehenden dann wieder Fragen. Als Coco aufschnappt, wie er die alte Nachbarsfrau nach Nubi ausfragt, ist die Sache sicher: Er verdächtigt ihn tatsächlich, obwohl es Nubi selbst war, der zuerst auf den Polizisten zugegangen ist. Jemand mit schlechtem Gewissen wäre doch sofort verschwunden!

Als Mams Auto auftaucht, läuft Coco ihr schnell entgegen. „Du musst ihm helfen!", keucht sie. „Die Polizei hat sich auf Nubi eingeschossen." Und sie erzählt Mam, was los ist.

Die geht sofort zu Nubi, hakt sich bei ihm ein und begrüßt ihn demonstrativ mit einem dicken Kuss.

„Das war vielleicht nicht so gut", murmelt Oma zu Coco. „Jetzt gilt sie als parteiisch."

„Du hast wohl auch bemerkt, dass die Polizei ihn verdächtigt."

„Natürlich, das ist ja offensichtlich." Oma ist empört. „Dabei hat dieser Polizist nur lauter Vorurteile. Na, dem werd ich's zeigen!" Oma baut sich herausfordernd vor dem Mann auf. „Bleiben wir doch bei den Fakten!", fährt sie ihm ins Wort. „Ein Mädchen ist verschwunden, und wir machen uns Sorgen. Das ist alles. Ich dachte, die Polizei würde sich zuerst einmal darum kümmern, dass das Mädchen gefunden wird, ehe sie hier schräge Verdächtigungen vorbringt." Zustimmendes Gemurmel folgt auf Omas Feststellung.

„Die Kollegen vom Suchdienst sind schon unterwegs." Der Polizist setzt eine arrogante Miene auf. „Und ich werde mich jetzt hier ein wenig in der näheren Umgebung umsehen."

Damit geht er direkt auf die Villa zu.

„Er hat doch gar keinen Durchsuchungsbefehl", ruft die Frau aus der unteren Etage empört.

„Also unsere Wohnung kann er gerne durchsuchen", sagt Nubi laut. „Wir haben nichts zu verbergen."

Die nächste halbe Stunde durchkämmen drei Männer vom Suchdienst die gesamte Umgebung. Sie stöbern auch den Gärtner auf, der wie immer den zerzausten Strohhut trägt und aus seiner Abneigung gegen Nubi keinen Hehl macht. Und die ganze Zeit lässt der Polizist Nubi nicht aus den Augen.

Coco überlegt, ob sie erzählen soll, dass Janka in letzter Zeit oft mit Rüdiger zusammen war. Aber Janka war ja auch mit vielen anderen aus der Klasse zusammen. Und obwohl der Polizist Coco schon dreimal mit stechendem Blick gefragt hat, ob ihr nicht noch was eingefallen sei, kann sie sich nicht durchringen, ihm von der Sache mit Rüdiger zu berichten. Wahrscheinlich hätte er sowieso geglaubt, dass Coco das nur sagt, um Nubi zu entlasten.

Als plötzlich Hansi auf seinem Rad auftaucht, fühlt Coco sich sonderbarerweise erleichtert. Vielleicht weiß er ja etwas.

„Nö, da kann ich euch auch nicht weiterhelfen", sagt er, nachdem Coco ihm die Lage geschildert hat. „Ich weiß nicht, wo Janka ist. Aber etwas anderes habe ich herausgefunden. Ihr werdet staunen." Er winkt Laila zu, dass sie herkommen soll.

„Was ist denn jetzt so wichtig?", fragt sie.

„Ich war eben in der Bücherei und habe dort Rüdiger getroffen." Hansi hält triumphierend inne.

„Und?" Coco schaut ihn ungeduldig an.

„War Janka bei ihm?", fragt Laila.

„Nein, er war allein. Es wird euch aber trotzdem interessieren", erwidert Hansi. „Also, ich stand vor den CDs, als plötzlich Rüdiger auftauchte und zwischen den Bücherreihen entlangschlich. Offensichtlich wollte er von niemandem bemerkt werden."

„Hat er dich denn nicht gesehen?", fragt Laila.

„Nö, er war zu sehr damit beschäftigt, unauffällig zu bleiben." Hansi lacht. „Ich pirschte mich dann auf leisen Sohlen an ihn heran und erwischte ihn, wie er gerade nacheinander drei Bücher aus dem Regal zog und sich sichtlich zufrieden unter den Arm klemmte."

„Und? Was waren das für Bücher?" Schon alleine *dass* Rüdiger Bücher ausleiht, ist eine Sensation, findet Coco.

„Zwei über Kanada und eins über Australien."

Hansi sieht Coco auffordernd an. „Na, was fällt dir da sofort ein?"

„Bären und Kängurus?"

„Quatsch! - ‚He, willst du auswandern?', hab ich ihn angesprochen." Hansi grinst übers ganze Gesicht. „Er wäre vor Schreck beinahe zusammengeklappt und fragte, woher ich das denn wüsste. Da hab ich frech auf das obere Buch getippt und gesagt, ich würde am liebsten nach Kanada auswandern, und dass wir uns vielleicht in zwanzig Jahren dort oben wieder sehn. Damit hatte er wohl nicht gerechnet, und er war auf einmal gar nicht mehr so abweisend. Und dann setzte ich hinzu, dass ich mich bloß bis jetzt noch nicht richtig für die englische Sprache begeistern konnte und es Klasse fände, dass er dafür sogar im Unterricht unter der Bank englische Romane liest."

„Wie gemein von dir!" Coco gluckst. „Ist er da nicht ausgeflippt?"

„Im Gegenteil, er ist fast ganz aufgetaut. ‚Janka meinte ...', fing er an, brach dann aber ab und wurde rot. Ich tat so, als wäre alles normal, und fragte, ob sie ihm eingeheizt hätte, dass er es mit einer Fünf in Englisch nie über den großen Teich schaffen würde. ‚Kenn ich!', hab ich gesagt. ‚Mir hat sie gleich zu Anfang, als ich in die Klasse kam, auch gründlich den Kopf gewaschen. Janka ist schon in Ordnung.' Dann hab ich tschüss gesagt, mich sofort aufs Rad geschwungen und bin hierher gefahren, um euch die Neuigkeit zu erzählen. Ich hätte natürlich nie gedacht, dass hier so viel los ist." Hansi betrachtet den Menschenauflauf und kneift missbilligend die Augen zusammen, als er sieht, dass sich nun die gesamte Suchtruppe um Nubi, Bille und Oma versammelt hat und der Fotograf immer noch Fotos von Nubi macht. „Die haben es wirklich voll auf deinen Vater abgesehen, Laila. Hat er denn kein Alibi?"

„Nein, er war vorhin unterwegs", sagt Laila leise. „Er fährt immer zur Tankstelle, wenn ihm der Grapefruitsaft ausgegangen ist."

„Na, wenigstens hat Rüdiger jetzt ein Alibi", meint Coco. „Ein felsenfestes sogar."

„So fest auch wieder nicht", überlegt Hansi laut. „Immerhin weiß niemand, wo er vor seinem Auftauchen in der Bücherei gewesen ist."

„Schon, aber was kann Rüdiger mit Jankas Verschwinden zu tun haben? Außer, er hält sie irgendwo gefangen, um ständig Englischnachhilfe zu bekommen", meint Coco spöttisch.

„Eine Entführung wäre gar nicht so abwegig, wenn Jankas Familie reich wäre, aber so ..." Hansi schüttelt den Kopf.

„Außerdem macht keiner irgendwelche krummen Sachen und spaziert dann seelenruhig in die Bücherei", gibt Coco zu bedenken.

„Doch, das wäre sogar eine gute Masche", wirft Laila ein. „Aber dann würde er sich darum bemühen, dass ihn möglichst viele Leute sehen."

„Hat die Polizei Rüdiger denn in Verdacht?", fragt Hansi.

„Nein, ich habe zum Glück nichts davon erzählt, dass wir Janka in letzter Zeit manchmal mit ihm gesehen haben. - O Mann, Auswandern! Auf die Idee wäre ich nie gekommen."

„Ich hatte immer irgendwie den Eindruck, dass er kein glückliches Zuhause hat", sagt Laila leise. „Und viele Freunde hat er ja auch nicht."

„Vielleicht träumt er aber auch einfach nur davon, woanders groß rauszukommen." Hansi klingt selbst etwas sehnsuchtsvoll.

„Ich kann ihn mir gut in rauer Wildnis vorstellen", fügt Coco hinzu.

„Du meinst Blockhütte, fischen, jagen und so was?" Laila runzelt die Stirn.

„Ja, klingt doch abenteuerlich."

„Und bodenständig." Hansi nickt. „Es wundert mich gar nicht, dass Janka so was unterstützt. Sie hat selbst eine praktische Ader."

Coco wirft dem Polizisten immer wieder einen bösen Blick zu. „Ich mag den Mann nicht", murmelt sie Laila und Hansi zu. „Er verhält sich kein bisschen objektiv."

Hansi nickt. „Ich finde ihn auch nicht gerade sympathisch."

Wenig später braust der Polizist in seinem Streifenwagen davon, und der Suchtrupp nimmt sich die Nebenstraßen vor.

Auf eigene Faust

Nachdem Polizei und Presse abgezogen sind, stehen nur noch ein paar Menschen vor der Villa auf der Straße. Da kommen plötzlich Jankas Eltern angefahren.

„Bille hat sie eben benachrichtigt", erzählt Nubi. „Die Polizei hat das anscheinend nicht für nötig befunden."

„Muzaffar darf die Stadt in den nächsten vierundzwanzig Stunden nicht verlassen", berichtet Oma aufgeregt. „Ist das nicht empörend?"

„Halb so schlimm!" Nubi legt ihr beruhigend die Hand auf den Arm. „Ich will sowieso nirgendwohin. Lasst uns lieber kräftig nachdenken, wo das Mädchen sein könnte."

Dann begrüßt er Jankas Eltern und gibt ihnen einen umfassenden Bericht.

Die beiden sind kreidebleich im Gesicht und scheinen die Situation so auf die Schnelle gar nicht richtig zu begreifen. Aber Coco begreift sie ja auch nicht ganz, obwohl sie von Anfang an dabei war.

„Die Polizei hat versprochen, einen Großeinsatz zu starten", berichtet Oma. „Uns bleibt wohl nicht viel mehr übrig als genau nachzudenken. Und das können wir genauso gut drinnen tun."

Damit führt sie Jankas Mutter ins Haus, die sich

kaum mehr auf den Beinen halten kann. Nubi, Mam und Jankas Vater folgen ihnen.

Das Herumstehen und Warten hat Coco schon ganz kribbelig gemacht. „Wir müssen sie suchen, aber wo?", sagt sie zu Laila und Hansi.

„Mir ist kalt." Laila zieht die Schultern hoch.

„Ja, mir frieren auch bald die Füße ab." Coco stampft mehrmals auf den Boden. „Wenn wir herumlaufen, wird das besser. Jedenfalls kann ich mich jetzt nicht nur hinsetzen und grübeln."

Laila schaut unschlüssig zur Villa, in der gerade überall die Lichter angehen. „Vielleicht sollte ich Baba beistehen."

„Was ist eigentlich mit den Zeitungen?" Hansi geht zum Zaun.

Die halb volle Tasche wurde zwar mehrmals von der Presse und der Polizei fotografiert, aber jetzt liegt sie verlassen da wie vorher. Weder hat die Polizei sie als Beweisstück mitgenommen noch haben sich Jankas Eltern darum gekümmert. Keiner scheint die Tasche auch nur angefasst zu haben.

„Lasst uns erst mal die restlichen Zeitungen austragen", schlägt Hansi vor. „Die Leute warten sicher schon darauf. Dabei können wir immer noch überlegen, wo wir am besten mit der Suche anfangen."

Coco nickt und schaut fragend zu Laila.

„Okay, ich sag nur schnell Baba Bescheid." Laila läuft ins Haus.

Coco zieht vorsichtig die Zeitungen aus der Tasche und gibt einen Teil Hansi. „Wir lassen die Tasche hier liegen. Vielleicht will die Polizei sie ja noch auf Fingerabdrücke hin untersuchen."

„Glaub ich zwar nicht, aber wir wollen lieber nichts falsch machen." Hansi klemmt sich den Packen unter den Arm.

Laila kommt zurück. „Baba meint, er hat an Bille und Oma ausreichend Unterstützung, und ich soll ruhig mit euch Janka suchen gehen", berichtet sie. „Und Jankas Vater sagt, ich soll mir keine Sorgen machen, dabei bricht er selbst vor lauter Sorge beinahe zusammen."

„Also los!" Coco gibt Laila ihren Anteil Zeitungen.

Diesmal gibt es kein Wettrennen und kein Gelächter, und die drei laufen auch meist dicht nebeneinander. Still gehen sie von Tür zu Tür und schauen sich aufmerksam um, ob irgendetwas Ungewöhnliches zu entdecken ist.

„Vielleicht ist Janka zu jemandem ins Auto gestiegen", bricht Hansi plötzlich das Schweigen.

„Du meinst, jemand hat sie angesprochen und nach dem Weg gefragt?" Laila bleibt stehen.

„Janka ist viel zu schlau, um zu Fremden ins Auto zu steigen", entgegnet Coco.

„Aber sie ist hilfsbereit", wirft Laila ein. „Stell dir einfach vor, jemand auf dem Rücksitz hält eine Straßenkarte in der Hand, macht die Tür auf und bittet um Hilfe. Janka geht zum Auto, wird hinten auf den

Sitz gezogen, und ehe sie überhaupt den Mund aufmachen kann, fahren sie los."

Coco läuft es eiskalt den Rücken hinunter, und sie starrt Laila entsetzt an. „An so was hab ich ja noch gar nicht gedacht! Sie könnte jetzt gefesselt in irgendeinem Transporter liegen, meilenweit von hier entfernt!"

„Hört auf damit", murrt Hansi. „Laila hat bloß zu viel Krimis gelesen."

Aber Coco merkt, dass seine Stimme zittert. Stumm gehen sie weiter.

Plötzlich bleibt Coco stehen. „He, seht mal!", flüstert sie. „Da geistert wieder Rheumaschulter herum. Als wir gestern spazieren waren, haben wir ihn auch genau an dieser Stelle gesehen."

„Wie eine verlorene Seele", meint Hansi dumpf.

„Am liebsten würde ich ihm was Tröstendes sagen", erwidert Coco nachdenklich.

„Das hilft nicht, im Gegenteil", flüstert Laila. „Bestimmt will er einfach nur allein sein."

Weil Laila aus Erfahrung spricht, nickt Coco zustimmend. Sie weiß sowieso nicht, ob sie tatsächlich so viel Mut aufgebracht hätte, auf Rheumaschulter zuzugehen.

„Vielleicht hat Janka einen Freund mit Motorrad, und der hat sie zu einer Spritztour mitgenommen", setzt Hansi nach einer Weile seine Vermutungen fort.

„Drei Stunden lang?" Coco tippt sich an die Stirn.

„Sie könnten ja in einen Stau geraten sein."

„Janka hat keinen Freund über achtzehn", sagt Coco bestimmt.

„Das wissen wir nicht", wendet Laila ein. „Aber ich glaube auch nicht daran. Bestimmt hätte sie dann erst die Zeitungen fertig ausgetragen."

„Wir sind jetzt auch bald fertig", sagt Hansi, als sie in die Eigenheimsiedlung einbiegen. „Und uns ist weder was auf- noch was Vernünftiges eingefallen."

„Aber immerhin haben nun bald alle Leute ihre Zeitung", meint Laila zufrieden.

Als ob das wirklich so wichtig wäre!, denkt Coco und schaut zu Rheumaschulters Haus, das als nächstes dran ist.

Als einziges Haus in der Nachbarschaft brennt bei ihm kein Licht, was dem Ort etwas Gespenstisches gibt.

„Jetzt lacht mich bitte nicht aus, aber da geh ich nicht alleine hin." Coco schaudert.

„Wir gehen alle drei." Hansi hakt sie und Laila unter, und gemeinsam gehen sie den schmalen Weg entlang. Die Büsche streifen wie kalte Finger Cocos Wange. Schnell stopft sie die Zeitung in den Briefkasten, und dann tasten sie sich wieder zurück.

„Er hätte zumindest die Weglämpchen so einschalten können, dass sie brennen, wenn jemand das Grundstück betritt", murrt Hansi, nachdem er schon zum zweiten Mal gestolpert ist.

„Gibt es hier überhaupt welche?", flüstert Coco.

„Letztens hab ich sie gesehen, sie sehen wie kleine Pilze aus", erwidert er.

„Da vorn im Garten flackert ein Licht", sagt Laila und bleibt stehen.

„Das ist doch das Gartenhaus, von dem die Nachbarin erzählt hat", meint Hansi. „Vielleicht ist Rheumaschulter mittlerweile von seinem Spaziergang zurück und sitzt jetzt da drinnen, weil er sich seinem Sohn dort näher fühlt. Immerhin haben sie das Häuschen zusammen gebaut."

„Ich würd gern mal einen Blick hineinwerfen", flüstert Coco aufgeregt.

„Und wenn er uns erwischt?" An Lailas Stimme merkt Coco, wie unwohl sie sich bei dem Gedanken fühlt.

„Wir sind eben vorsichtig." Hansi setzt den ersten Schritt auf den Rasen und zieht Coco und die leicht widerspenstige Laila mit sich.

„Das Licht wandert", wispert Laila.

„Wahrscheinlich läuft er unruhig hin und her." Coco rutscht auf einer schlammigen Stelle aus und wäre ohne Hansis eisernen Griff gefallen.

„Pass doch auf!", zischt er erschrocken. „Du reißt mir ja den Arm ab."

„Hab ich nicht extra gemacht", erwidert Coco beleidigt.

„Psst! Er darf uns nicht hören."

Sie sind nur noch ein paar Meter von dem Gartenhäuschen entfernt. Zu Cocos Enttäuschung ist das

Fenster zu weit oben und zudem noch äußerst winzig. „Konnte er nicht ein normales Gartenhaus bauen?", murmelt Coco vor sich hin.

„Schsch!" Hansi stößt sie in die Seite. „Ich mache dir eine Räuberleiter, und du schaust zuerst hinein."

Es kitzelt, wenn er so direkt in ihr Ohr flüstert, und Coco windet sich aus seinem Griff. Hansi hält ihr seine verschränkten Hände hin, und Coco setzt vorsichtig ihren Fuß drauf. Mit Laila als Stütze hievt sie sich an der Wand des Gartenhäuschens hoch.

Der Raum ist nur schwach erleuchtet, und das Einzige, was Coco vorerst erkennen kann, ist ein Kerzenstummel, der zwischen lauter Gerümpel auf einem Tisch steht. Dann sieht sie eine Bewegung in der Ecke und hört ein ärgerliches Stöhnen.

„Und? Was siehst du?"

Hansis aufgeregtes Wispern war eine Spur zu laut. Die Person hält plötzlich inne und kriecht aus der Ecke hervor. Dann fällt das Licht voll auf ihr Gesicht, und Coco setzt beinahe der Herzschlag aus.

„Janka!", schreit sie und klopft aufgeregt ans Fenster. „Hier! Hier oben!"

„Janka?", brüllt Hansi und macht eine so hastige Bewegung, dass Coco bedenklich schwankt. „Ich glaub, ich spinne!"

„Was ruft sie? Seid mal still!" Laila hält Hansi den Mund zu.

„... die Tür auf!" Jankas Stimme klingt ziemlich dumpf, aber nicht verängstigt.

Schnell springt Coco von der Räuberleiter, aber Laila ist schon vor ihr an der Tür.

„Der Schlüssel steckt ja!", ruft sie verwundert aus und dreht ihn herum. Mit einem quietschenden Geräusch geht die Tür auf.

„Was machst du denn hier?"

„Wo ist Rheumaschulter?"

„Wie habt ihr mich gefunden?"

„Bist du verletzt?"

„Mann, bin ich froh, dich lebendig zu sehen."

Janka strahlt.

„Was ist passiert?", fragt Coco, nachdem sich alle ein wenig beruhigt haben. „Hat Rheumaschulter dich gekidnappt?"

„Quatsch, nein!" Janka grinst. „Meinst du etwa, er will meine fünf Geschwister als Lösegeld? Mehr Reichtum haben wir nämlich nicht."

„Ja, aber was machst du hier?" Coco fasst aufgeregt nach Jankas Arm. „Die Polizei sucht überall nach dir, Lailas Vater steht massiv in Verdacht, dich in den Orient verkauft zu haben oder was dem Polizisten sonst noch an Unsinn eingefallen ist, und die gesamte Nachbarschaft ist in Aufruhr."

„O nein!" Hansi stöhnt. „Wir müssen so schnell wie möglich Bescheid sagen, dass wir Janka gefunden haben."

„Zwei Häuser weiter ist ein Telefonhäuschen", sagt Janka. „Da können wir anrufen."

„Nicht wir, nur ich. Du bleibst besser hier, wegen

der Spurensicherung." Hansi hält Janka am Ärmel fest.

„Wovon redest du da?" Sie runzelt die Stirn.

„Ganz ruhig, ich bin gleich wieder zurück. Aber erzähl den anderen noch nichts, bis ich wieder da bin." Hansi läuft erst los, nachdem Janka ihm das versprochen hat.

„Da braucht er wirklich keine Sorge zu haben - das mit Rheumaschulter ist sowieso eine lange Geschichte", meint Janka. „Die will ich lieber nur einmal erzählen."

Jankas Erlebnis

Die Polizei taucht in Windeseile am „Tatort“ auf, dicht gefolgt von Jankas Vater. Und aus seinem kleinen Auto purzeln dann nacheinander Jankas Geschwister und bestürmen sie mit Fragen und Umarmungen.

Der Polizist hat Mühe, die Kleinen vom Gartenhaus fern zu halten. Jankas Beteuerungen, dass alles nur ein Versehen war, will er nicht so recht Glauben schenken und sieht sich die Umgebung erst einmal gründlich an, bevor er den Garten mit Plastikbändern absperren lässt.

„Wie albern!“, murrt Janka. „Hört der einem denn gar nicht zu?“

„Der strickt sich seine Fälle selbst zurecht und lässt sich nicht davon abbringen, auch wenn das Muster gar nicht stimmt.“ Hansi schaut den Polizisten finster an.

„Seit wann kennst du dich mit Stricken aus?“ Janka lacht ihn an. „Danke, nochmals, dass ihr mich gerettet habt. Auch wenn ich es sicher bald selbst geschafft hätte.“

„Das verdankst du nur Cocos Neugier“, erwidert Hansi wahrheitsgemäß. „Aber jetzt fang schon endlich an zu erzählen! Ich halte es kaum mehr aus, ich will wissen, wie alles gewesen ist.“

„Lasst uns erst mal zur Villa zurückfahren." Jankas Vater schiebt ungeduldig seine Tochter ins Auto. „Bei Darnubis wartet sehnsüchtig deine Mutter. Nun, wo alles vorbei ist, wird sie sicher überglücklich sein und genauso gespannt wie wir alle, deinen Bericht zu hören."

„Und wie kommen wir zur Villa?" Coco dreht sich zu dem Polizisten um, der immer noch den Garten untersucht.

Als der merkt, dass die Hauptperson gerade abgefahren ist, ist er schnell bereit, Coco, Hansi und Laila zum Haus der Darnubis mitzunehmen.

Dort sind alle im Wohnzimmer versammelt. Jankas Mutter sitzt auf dem Sofa und ist vor Freude in Tränen aufgelöst. Janka findet das aber offensichtlich kein bisschen peinlich. Sie hält ihre Mutter lächelnd im Arm und wiegt sie hin und her. Dabei zwinkert sie Coco ein paarmal zu.

„So, dann erwarte ich jetzt einen detaillierten Bericht." Der Polizist sieht Janka streng an. „Immerhin hat der Aufwand viel Zeit und Geld gekostet."

„Entschuldigung, aber ich kann nichts dafür." Janka zuckt mit den Schultern.

Gerade als sie mit dem Bericht beginnen will, stürmt die Journalistin mit dem Fotografen ins Zimmer, der sofort wieder zu knipsen anfängt.

Nubi springt auf und schiebt die beiden in die Ecke, wo noch drei Stühle stehen.

„Etwas mehr Zurückhaltung bitte, Frau Kollegin!", knurrt er, bevor er sich wieder zu Mam und Laila aufs Sofa setzt.

Coco hat sich neben Oma gequetscht und für Hansi auch noch ein Plätzchen freigemacht.

„Also", fängt Janka an. „Das Ganze begann vor ein paar Tagen. Da hat die Nachbarin von Herrn Wiegand Coco, Laila, Hansi und mir eine traurige Geschichte erzählt."

Janka berichtet schnell, was die Frau über Rheumaschulter und Jans Mutter gesagt hat, und der Polizist schnaubt empört. Anscheinend hat er zumindest Familiensinn.

„Irgendwie sah ich unseren Lehrer plötzlich in einem anderen Licht", erklärt Janka weiter. „Ich hatte ganz schnell vergessen, wie er uns immer mit seiner strengen Art traktiert hat, und dachte nur daran, dass er jetzt sehr traurig sein muss. Am nächsten Tag war er gerade im Garten, als ich mit der Zeitung kam. Ich habe ihn freundlich begrüßt, und er drehte sich um und schaute mich lange an. Sein Blick schien von weit her zu kommen, beinahe schon wie im Fieber. Mir wurde plötzlich doch etwas mulmig. Da gab er sich einen Ruck und kam auf mich zu."

Coco fröstelt.

„In dem Moment wäre ich sicher weggerannt", flüstert Hansi.

„Das konnte ich nicht", erwidert Janka, die Hansis

„Flüstern" natürlich gehört hat. „Ich war wie gebannt, und meine Füße klebten am Boden fest. ‚Jan, mein Junge, da bist du ja endlich!', sagte Herr Wiegand und packte mich am Arm. ‚Komm, lass uns zum Gartenhäuschen gehen, damit dich niemand sieht.'"

„Und du bist tatsächlich mitgegangen?", ruft Coco erschrocken aus. „Das ist doch total gefährlich!"

„Janka! Wie konntest du nur so unvernünftig sein!" Ihr Vater ist ganz bleich geworden.

„Eine geradezu klassische Situation", knurrt der Polizist vorwurfsvoll.

„Das weiß ich ja, aber seine Stimme war so sanft und glücklich, und ich hatte auch gar keine Angst mehr vor ihm. Jetzt ist mir auch bewusst, dass das völlig leichtsinnig von mir war." Janka schaut ihren Vater zerknirscht an. „Aber in dem Moment habe ich eben nicht mehr klar gedacht. Herr Wiegand glaubte, ich sei Jan, sein Sohn. Er tat mir so Leid, dass ich ihm irgendwie helfen wollte. Also setzte ich mich auf die Bank vor dem Gartenhäuschen. Er brachte mir Apfelsaft und sprach von tausend Sachen, die wir demnächst zusammen unternehmen könnten, fragte, was ich mir zu Weihnachten wünsche und lauter so Zeug. Ich hatte den Eindruck, dass es ihn ein bisschen tröstet, wenn ich ihm zuhöre."

„Das war absolut leichtsinnig", wirft Mam erschrocken ein.

„Ein völlig unverantwortliches Verhalten", knurrt

der Polizist. „Dir hätte wer weiß was passieren können!" In seiner Stimme liegt dabei aber plötzlich so viel Gefühl, dass Coco sich erstaunt fragt, ob sie sich in ihm nicht vielleicht getäuscht hat.

„Mitgefühl ist eine gute Eigenschaft, Janka, aber du hättest in der Sache niemals etwas alleine unternehmen dürfen", wirft Nubi ein.

„Ja, du hättest uns davon erzählen sollen", meint ihre Mutter. „Mir scheint, die Trauer um seinen Sohn hat den Mann völlig verwirrt. Wir hätten ihm ärztliche Hilfe besorgt."

„Er ist nicht verrückt", verteidigt Janka Rheumaschulter. „Ich glaube, er wusste sogar irgendwie, dass ich nicht Jan, sondern Janka bin. Aber er wollte gerne so tun, als ob. Nachdem ich den Apfelsaft ausgetrunken hatte, bin ich dann einfach wieder gegangen. Als ich schon auf der Straße stand, rief er mich noch mal zu sich. Ich schaute durch die Hecke. ‚Du verrätst uns doch nicht, Jan, oder?', flüsterte er. ‚Das bleibt unser Geheimnis, ja? Sag auf keinen Fall deiner Mutter etwas davon, dass du mich besuchst.' Und weil ich von der Nachbarin wusste, was er damit meint, beruhigte ich ihn und versprach, niemandem etwas zu sagen."

Hansi stöhnt laut auf. „Und Janka hält dicht, natürlich!"

„Sicher, ich hab Tratschen noch nie gemocht." Janka funkelt ihn an.

„Aber das Versprechen galt doch nur für Jan, nicht

für Janka", wendet Coco ein. „Als Janka hättest du mit deiner Mutter darüber reden dürfen."

„In dem Moment war ich irgendwie beides, Jan und Janka. Ihr versteht das eben nicht." Janka zuckt mit den Schultern.

„Jetzt lasst sie erst mal zu Ende erzählen", sagt der Polizist mit schnarrender Stimme. „Wie ging es denn dann weiter?"

„Ich hab die Zeitungen fertig ausgetragen und bin nach Hause gegangen."

„Deshalb kam die Zeitung in letzter Zeit so spät", wirft Oma ein. „Weil du nachmittags den Lehrer besucht hast."

„Und du bist meinen Fragen ausgewichen, weil du dein Versprechen nicht brechen wolltest." Jetzt ist Coco alles klar.

„Tut mir Leid, Coco." Janka sieht sie bedauernd an. „Ich fand es echt lieb von dir, dass du mir damals deine Hilfe angeboten hast, aber ich konnte nichts verraten."

„Ist schon gut, ich verstehe das." Und das stimmt tatsächlich. „Ich dachte bloß die ganze Zeit, es wäre was mit Rüdiger."

„Ehrlich?" Janka lacht. „Was hast du dir denn da Schräges ausgedacht?"

„Das verrate ich lieber nicht." Coco grinst, als sie an ihre Detektivarbeit denkt. „Ich hab euch in der Schule ständig beobachtet. Aber wir wissen jetzt sowieso Bescheid. Wegen Kanada, meine ich."

Janka starrt sie an. „Wer hat euch denn das erzählt?"

„Wer ist Rüdiger?", unterbricht der Polizist die beiden. „Und was hat er mit der Sache zu tun?"

„Gar nichts", sagt Janka hastig und nickt Coco zu, die ihr ein stummes „Gleich!" signalisiert. Und Janka fährt mit ihrem Bericht fort: „Jedenfalls, am nächsten Tag hab ich Herrn Wiegand dann eine Sonnenblume mitgebracht, zum Aufheitern."

Coco verkneift es sich zu sagen, dass sie das beobachtet hat. Sie will Janka nicht wieder unterbrechen. Der Polizist sieht nämlich nicht mehr sehr geduldig aus.

„Wir haben richtig gemütlich zusammengesessen, und ich hätte nie gedacht, dass Rheumaschulter ... äh ... Herr Wiegand so nett sein kann. Er hat sogar angefangen, mir Schach beizubringen."

„Komm zur Sache, Mädchen." Der Polizist rutscht nervös auf seinem Sessel herum.

„Als ich heute bei ihm vorbeikam, wartete er schon am Zaun auf mich. Weil ich aber keinen Ärger mit den Zeitungskunden haben wollte, wegen der ständigen Verspätung, vertröstete ich ihn auf später. ‚Bleib doch, Jan, bleib!', rief er mir hinterher, und es fiel mir gar nicht leicht weiterzugehen. Ich dachte auch daran, Laila einzuweihen und um Hilfe zu bitten. Sie stand mit Herrn Wiegand ja schon immer auf gutem Fuß. Also beeilte ich mich mit den Zeitungen und war gerade hier bei der Villa angekommen, als ich die Straße zurückschaute und Herrn Wiegand sah, wie er in den Amselweg einbog. Er ging wie ein Nachtwandler. O Mann!, dachte ich und ließ die Tasche fallen. Jetzt sucht er verzweifelt seinen Sohn. Schnell schob ich die Zeitungen an den Zaun, rannte zum Amselweg und hinter Herrn Wiegand her. Er war in schlimmer Verfassung. Ich glaube, er hatte das Gefühl, dass er seinen Sohn zum zweiten Mal verloren hat. Also führte ich ihn langsam den ganzen Weg zurück zu ihm nach Hause. Bald ging es ihm auch besser, aber er wollte absolut nicht ins Haus. Es musste unbedingt das Gartenhäuschen sein. Und weil es so windig war, setzten wir uns nicht draußen auf die Bank, sondern gingen hinein. Dort schenkte er uns wieder mit zittrigen Händen Apfelsaft ein. Plötzlich wurde er unruhig, murmelte was vor sich hin und lief zum Haus hinüber. Die Tür knallte hinter ihm zu. Ich dachte mir nichts weiter dabei und stellte mir vor, dass er Kekse oder sonstwas aus der Küche holen will. Nach einer Weile hörte ich auch wieder seine Schritte und seine Selbstgespräche. Aber statt einzutreten, drehte er plötzlich den Schlüssel herum."

„Er hat dich eingesperrt?" Der Polizist springt auf. „Das ist kriminell!"

„Quatsch! Er hatte einfach vergessen, dass ich da drin war." Janka springt nun ebenfalls auf. „Lassen sie Herrn Wiegand in Ruhe! Der trauert nur. Okay, ich gebe zu, dass ich mich sehr dumm verhalten habe, aber dafür müsste man *mich* bestrafen, nicht ihn. Der Mann braucht dringend Hilfe, aber das ist auch alles."

„Einen Arzt würde ich wirklich empfehlen", schaltet sich Oma nun ein. „Manche Leute verkraften Schicksalsschläge nicht so leicht."

„Das wollte ich ihm ja vorschlagen", verteidigt sich Janka und setzt sich wieder hin. „Ich hatte mir gerade heute überlegt, wie ich ihn dazu bringen könnte, dass er Hilfe annimmt."

„Warum hast du nicht laut geschrien, als er dich eingeschlossen hat?", fragt Laila. Sie wirkt ganz mitgenommen von Jankas Bericht.

„Das habe ich. Nach ein paar Schrecksekunden habe ich gerufen und gegen die Tür gebollert. Aber er muss sofort durch die Hecke auf die Straße gerannt sein. Ich hab immer wieder gerufen, doch es half nichts. Dann hab ich erst mal ungefähr eine halbe Stunde gewartet und gehofft, dass er zurückkommt und sich an mich erinnert."

„Hattest du denn gar keine Angst?", fragt Laila.

„Warum hast du nicht versucht, aus dem Fenster zu klettern?"

„Oder die Tür aufzubrechen!"

„War dir nicht kalt?"

Die Fragen prasseln nur so über Janka herein.

„Angst hatte ich keine, ich dachte, irgendwas würde mir schon einfallen. Und kalt war mir auch nicht. Später habe ich den alten Wollpullover übergezogen, der an einem Haken hing. Die Tür hab ich leider nicht aufgekriegt. Aber so eilig hatte ich es nun auch wieder nicht, dass ich sie gleich völlig kaputtmachen wollte. Und das Fenster, Hansi, das hast du doch selbst gesehen. Das ist viel zu klein. Da wäre ich womöglich noch stecken geblieben!"

Der Fotograf lacht laut auf, und der Polizist stöhnt unwillig.

Janka hebt trotzig den Kopf. „So war es eben. Woher sollte ich wissen, dass ihr mich so verzweifelt sucht? Ich hab mir dann Werkzeug geholt und das Türschloss bearbeitet. Natürlich hab ich zwischendurch immer mal wieder gerufen. Rheumaschulter hat eine Unmenge an Krempel in dem kleinen Häuschen. Hammer, Nägel, Feilen, sogar einen Schraubstock. Dummerweise wurde es dann schnell dunkel, und in dem Häuschen gibt es keinen Strom. Es hat urlange gedauert, bis ich einen Kerzenstummel fand, und noch länger, bis ich endlich eine Streichholzschachtel ertasten konnte."

„Ohne das Licht wären wir nie zum Gartenhäuschen gegangen", wirft Laila ein.

„Und ohne Cocos Neugier selbst dann noch nicht", fügt Hansi hinzu.

Coco wird knallrot. Janka aber beugt sich vor und drückt ihr die Hand. „Danke, Coco! Wer weiß, wie lange ich noch hätte warten müssen. Aber dann kamt ihr, meine Retter!"

„Du bist ein tapferes Mädchen", meint Nubi und

steht auf. „Ich denke, wir haben jetzt alle eine kleine Stärkung nötig. Bleiben Sie noch, Herr Polizist, oder begleiten Sie die Presse mit hinaus?"

„Äh, wie bitte?" Der Polizist schaut verwirrt zu der Journalistin und dem Fotografen, die offensichtlich genauso wenig wie er ans Weggehen gedacht hatten. Aber Nubis höflicher Rausschmiss verfehlt nicht seine Wirkung. Wo es kein Verbrechen gibt und keine Anzeige, bleibt der Polizei nicht mehr viel zu tun. „Ich werde einen Bericht schreiben müssen. Und ansonsten werde ich mich darum kümmern, dass dieser Lehrer ärztlich betreut wird."

„Wenn Sie noch Fragen haben, melden Sie sich einfach wieder."

Damit schiebt Nubi den Polizisten, die Journalistin und den Fotografen freundlich, aber nachdrücklich aus der Wohnung.

„Jetzt hat sich alles aufgeklärt", seufzt Coco schließlich und klingt sehr zufrieden.

„Du wolltest mir doch noch erzählen, woher du von Rüdigers Auswanderungsplänen weißt", erinnert Janka sie.

„Das hat Hansi zufällig rausgefunden", sagt Coco, und Hansi berichtet Janka von seiner Begegnung mit Rüdiger.

„Was war da eigentlich mit dir und Janka, als du neu in der Klasse warst?", hakt Laila nach, als Hansi fertig ist.

„Na ja!" Hansi grinst. „Janka hat mir damals den

Kopf gewaschen. Man könnte sogar sagen, sie hat ihn mir richtig geschrubbt."

„Ist gar nicht wahr", wehrt sich Janka. „Du erzählst Märchen."

„Als du mich erwischt hast, wie ich den Mülleimer fast in Brand gesetzt hätte, hast du kurzerhand Sand aus dem Streueimer genommen, erst das Feuer gelöscht und mir dann eine ganze Schaufel von dem Zeug genüsslich über dem Kopf ausgekippt. Und dann hast du den Sand noch obendrein gründlich einmassiert und gemeint, irgendjemand müsse mir mal ordentlich den Kopf waschen."

„Stimmte doch auch, oder?", erwidert Janka, bevor sie in das laute Gelächter der anderen einfällt.

GHAZI ABDEL-QADIR

Coco & Laila
Rätsel um Laila

Fast tausend Mark haben Coco und ihre Freunde für die alten Zirkuspferde gesammelt. Aber am Tag der Übergabe ist der Geldeimer leer. Ganz klar, jemand muss das Geld gestohlen haben. Der Verdacht fällt auf die rätselhafte Laila, die neue Mitschülerin aus Ägypten – sie ist sowieso nicht die Beliebteste. Oder war es doch ganz anders? Coco kommt Laila ein großes Stück näher. Und dabei erlebt nicht nur sie eine Überraschung ...

GHAZI ABDEL-QADIR

Coco & Laila

Immer diese Väter!

Lailas Vater Nubi verhält sich seit Tagen äußerst merkwürdig – ob sich der eingefleischte Junggeselle eine Freundin zugelegt hat? Als dann noch Cocos Mam anfängt, verdächtig viele Überstunden zu machen, wird es den Freundinnen zu bunt. Sie beschließen, ihre beiden einsamen Elternteile zu beschatten. Und dann kommen sie ihnen auf die Schliche: Nubi und Mam sind gar nicht so einsam!

DIE THEATER-KIDS

SERIE VON

TINA CASPARI

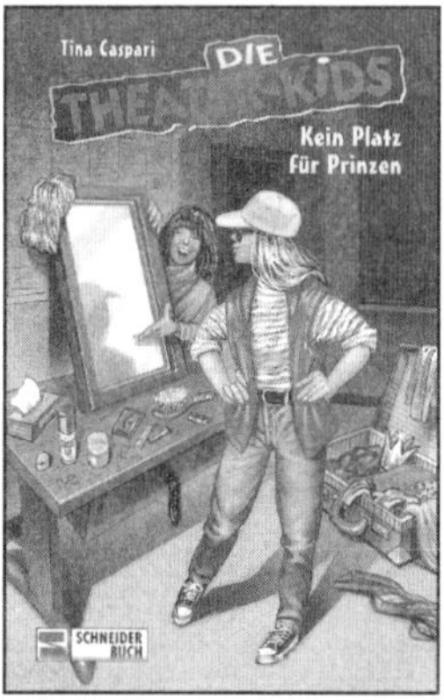

Die Theater-Kids
(Band 1)
Kein Platz für Prinzen

Die Theater-Kids
(Band 2)
Tessas schönste Rolle

Die Theater-Kids
(Band 3)
Ein starkes Stück für Nina

Die Theater-Kids
(Band 4)
Der Star des Abends

MARY TUCKER
Verflixte Brandie

Seit Brandie zwölf ist, stimmt nichts mehr in ihrem Leben: Ihr Körper spielt verrückt, und ihr Vater geht ihr nur noch auf die Nerven. Am schlimmsten ist, dass es mit Brandies Mutter nichts als Ärger gibt. Erst als sie ihrer Tochter Briefe zeigt, die sie selbst als Kind geschrieben hat, verstehen sich die beiden ein bisschen besser. Und Brandie findet heraus, dass zwölf sein gar nicht so verflixt ist, wie sie denkt.

NINA SCHINDLER
Muskelkater

Seit ihre Freundin weggezogen ist, hat es Laura in der Schule schwer: Die Mädchen grenzen sie aus, und von den Jungen wird sie in Prügeleien verwickelt.
Als ihr Bruder Jörg mitbekommt, wie unglücklich Laura ist, nimmt er sie zum Wing-Tsun-Training mit. Laura ist mit Feuereifer dabei. Sie lernt ihren Körper immer besser kennen und merkt, dass sie sich ruhig mehr zutrauen kann. Am Ende ist sie keine Lara Croft – aber sie weiß, dass sie mehr schafft, als sie denkt!